아사기리 하레루

"야호~! 모두의 마음속 태양, 아사기리 하레루가 떠올랐어!"

모두를 활짝 웃게 만드는 걸 좋아하는 활력이 넘치는 여학생. 모든 것에 호기심이 왕성하고 기운이 넘친다. 멈출 줄 모르는 기세로 주위 사람들의 예상을 아득히 넘어서는 언동도 종종 보여준다.

우츠키 세이

"안녕, 제군! 모두의 세이 님, 등장이다!"

전생에선 남자의 정기를 양식으로 살아가는 서큐버스였지만, 동성인 여자한테만 흥미가 있어서 굶어 죽었다. 환생하고 난 뒤 지금에 이르렀다. 머리의 뿔은 전생의 흔적.

카미나리 시온

"콘미코~! 모두의 마마, 카미나리 시온이야~!"

아홉 개의 꼬리를 가진 무녀이며, 신의 사도로서 사람들의 안녕을 지키고 있다. 아홉 개의 복슬복슬한 꼬리는 감정에 맞추어 격렬하게 움직이기 때문에, 그녀의 등 뒤에 설 때는 주의가 필요하다.

히루네 네코마

"냐냐~앙! 고소한 냄새에 이끌려 등장! 히루네 네코마다!"

낮잠을 아주 좋아하는 오드아이 동물 소녀. 그러나 뭔가 먹고 있는 사람이 가까이 있으면 갑자기 일어나 눈빛을 반짝거리며 곁에 다가간다. 뭔가 주면 좋아한다. 안 줘도 쓰다듬어주면 좋아한다.

소우마 아리스

"네! 소우마 아리스, 현 시간부로 등장 했습니다!"

자기 자신의 해방을 테마로 삼은 아이돌 그룹, 레지스탕스의 멤버. 쿨한 외모로 남녀 모두에게 인기가 있지만 알맹이는 허당이라, 멤버들이 이미지를 사수해주느라 고생하고 있다.

Live-ON

라이브온

선택받은 빛나는 소녀들

소식 | 굿즈

가이드라인 | 소속 탤런트 | 회사개요

소노카제 에에라이

"야호~ 여러분~! 즐거우신가요~ 랍니다~! 에에라이 동물원의 소노카제 에에라이랍니다!"

온갖 동물이 모여 있는 거대 테마파크, 에에라이 동물원의 원장을 맡고 있는 엘프. 어째선지 동물들에게 절대복종 수준의 존경을 받는 모양이다.

야마타니 카에루

"산을 넘어, 계곡을 건너, 이윽고 돌아오는 장소. 야마타니 카에루의 방송에 잘 오셨어요."

마음씨 착한 사람이 무거운 상처를 입었을 때, 어디선가 나타나 치유를 선사하고 바람과 함께 사라진다는 의문스러우며 신비적인 여성.

이로도리 마시로

"안녕~ 콘마시로~. 이로도리 마시로, 마시롱입니다."

그림을 그리는 것이 삶의 보람인 일러스트레이터. 조금 독설가지만, 사실은 상당히 성격 좋고 상냥한 소녀.

코코로네 아와유키

"여러분, 안녕하세요? 오늘도 예쁜 담설이 내리네요. 코코로네 아와유키입니다."

담설(淡雪)이 내리는 날에만 나타나는 미스터리한 미녀. 빨려 들어갈 것 같은 보라색 눈동자의 안쪽에는 과연 무엇이 숨어 있는 것일까…….

마츠리야 히카리

"콘피카~! 축제(마츠리)의 빛은 인간 호이호이, 마츠리야 히카리입니다!"

전국의 온갖 축제에 출몰하는 축제소녀. 각각 다른 지역에서 열리는 두 축제에 완전히 같은 타이밍에 출몰했다는 설이 있다.

야나가세 챠미

"여러분을 힐링의 극치로 안내해 줄 야나가세 챠미 누나가 왔어요."

본래 아싸였지만 용기를 내서 인싸로 데뷔했더니 대성공. 그러나 내면은 변함이 없어서 겉모습만 인싸인 아싸가 남았다.

Contents

VTuber인데
방송 끄는 걸 깜빡했더니
전설이 되어있었다 [5]

나나토 나나 지음
시오 카즈노코 일러스트
박경용 옮김

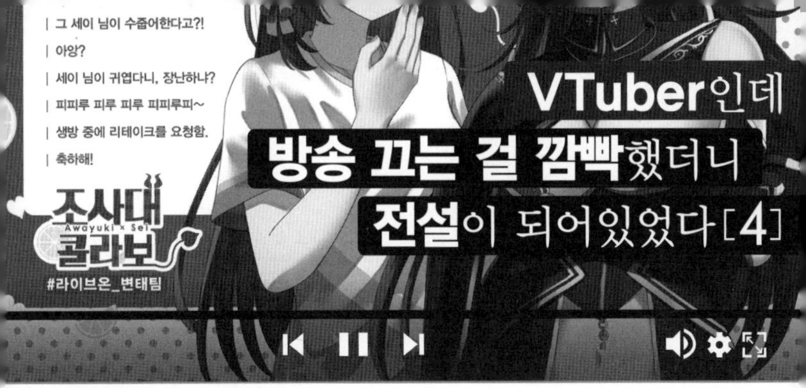

지금까지의 줄거리

조회수 999,999회 · 2022.05.20.

❤ 9999 | 💔 155

슈와 쨩 클립 ch

구독자 10만명

구독중

위험한 클레이머 편집자　※픽션입니다.

이쪽이, 나나토 나나 씨의

VTuber인데 방송 끄는 걸 깜빡했더니 전설이 되어있었다, 제4권입니다.

우효~~~~~~!

원고를 읽어 나가다 보니 어쩐지 **의미심장한 태도의 세이**를 보고

개그 캐릭터는 개그캐로 있어 주길 바라는 파벌 대표로서 **분노에 찬 메일**을 보냈더니

작가님이 성의를 보여 **월크를 개그투성이**로 해주었습니다.

내 **권력**에 따라 이 시리즈를 **강판**시킬 수도 있다고요~!

계속 읽겠습니다아~! 다음은 아리스네 집에 묵는 것에서

이노오옴~!

그야말로 개그 한가득한 농후한 코미디 속에

의미심장한 표정을 짓는 **아와유키**의 삽화가 들어 있어, 분노한 나머지

작가에게 **전화를 걸어 원고 전체 기각**을 **예고**했습니다~!

작가도 완전히 입장을 자각하고, **성의의 똥망겜, 몬사냥, 솔로 방송**을 주었으니

다음으로 **압도적 존재감의 세이 님 수익화 탈환 계획**을

찢어버린다~! 죽인다~!

존귀한 전개 끝에, 제 최애였던 **시온 마마를 세이에게 빼앗겼기에**

아무리 편집자라도, 작가의 집으로 쳐들어갔습니다~!

참고로 작가가 엎드려 비는 모습은, 부디 판타지아 문고 공식 사이트에서 감상해 주세요.

프롤로그

“다 같이 한 집에 묵고 싶어!”

히카리 쨩의 씩씩하고 밝은 목소리가 귀에 울렸다.

세이 님의 수익화 문제가 해결됨과 동시에 설마 시온 선배와 커플이 된다는 결말을 맞이하고, 나도 수익화를 홈런 해버리면 여친이 생기는 걸까? 라고 쓴웃음을 지으며 생각한 것도 잠시. 이번에는 새로운 이벤트 개최가 가까이 다가오고 있었다.

현재 3기생 전원은 통화를 하며 의견 교류를 하고 있다. 이른바 비방송 작업이다.

의견의 테마는 『3기생 데뷔 1주년 기념으로 무엇을 할 것인가』였다.

그렇다. 지루하다는 말을 잊을 만큼 눈 돌아가는 나날을 보내는 사이에, 세상에나! 곧 데뷔하고서 딱 1년이 지나려 하는 것이다.

역시 1주년이니까 특별한 것을 하고 싶어지는 법이다.

나, 마시롱, 챠미 쨩이 좋은 안이 없을까 끙끙거리고 있자니, 역시 인싸(상식인이라고는 안 했다)인 히카리 쨩이 선봉에 나섰다.

"전에 마시로 쨩이랑 아와유키 쨩이 숙박 방송을 했잖아? 히카리, 그거 엄청 부러웠어! 넷이 다 같이 모여서 숙박 방송하면 엄청 재밌지 않을까?"

모두가 그 안에 호의적인 반응이었다.

"숙박 파티, 나도 좋다고 생각해. 오랜만에 직접 모두를 만나고 싶어."

"후후후, 여럿이 한집에 숙박이라니. 달성하면 틀림없이 나도 인싸가 되는 거야! 직접 만나는 건 상당히 긴장되지만, 동기들이라면 괜찮을 거야."

"저도 찬성이에요! 그러고 보니 3기생이 모두 오프라인에서 모여 방송을 한 일이 지금까지 없었으니까, 분명히 시청자들도 기뻐해줄 것 같아요!"

"오, 모두 반응이 좋은걸? 그럼그럼그럼 말이야! 기왕 다 같이 모이는 흔치 않은 기회니까, 하루 종일 방송 같은 건 어때?! 점심 전에 방송을 시작해서, 자기 전까지 계속 방송하는 거야!"

"그건 그냥 히카리 쨩이 내구 방송을 하고 싶은 것 아닌가요……?"

무심코 그렇게 태클을 걸어버려서 모두가 웃음을 터뜨렸지만, 이것도 반대하는 사람은 없었다.

오히려 장시간 방송이라면 여러 가지 아이디어를 채용할 수 있으니까, 지금까지 생각은 했어도 말하지 못했던 안도 모두 적극적으로 말하게 되어 대화가 더욱 활발해졌다.

"게임 같은 건 어때? 내가 ASMR 마이크를 가져갈 테니, 최하위인 사람은 벌칙으로 창피한 말을 한다거나!"

"게임! 그거 좋네! 히카리, 안 질 거야!"

"이것도 챠미 쨩 본인이 즐기고 싶은 게 빤히 보이는 것 같지만…… 뭐, 좋네. 나도 당일까지 섬네일용으로 숙박 버전 일러스트를 그릴까."

"아, 그러면 식사 시간이 되면 저랑 챠미 쨩이 주축이 되어 요리 방송은 어때요?"

점점 기획 내용이 굳어진다. 차츰 1주년 기념은 숙박 방송으로 결정되는 흐름이 되었다.

"그리고, 미니 라이브 같은 거 하면 좋겠어요. 다 같이 노래하고 싶어요!"

"그러면 숙박 장소도 히카리의 집으로 하면 어때? 히카리, 혼자 살기도 하고 방음실이 있으니까 노래도 할 수 있어!"

"좋네. 그러면 부탁해도 될까?"

"기대되기 시작했어."

이걸로 기획도 장소도 정해졌다. 일단 오늘 이야기의 목적은 달성한 것이다.

다들 안심했는지, 서서히 어깨의 힘이 풀리고 릴랙스 무드가 되었다. 겁먹지 않고 좋은 안을 솔선해서 말해준 히카리 쨩의 파인 플레이다.

"뭘 가지고 갈까? 일단 마이크는 가져가야지."

"저는 스○○로도 가져갈까요~."

"후훗. 아와 쨩만 나오는 게 아니라 슈와 쨩도 나오면 좋지. 다 같이 술도 마실까?"

"술자리다아! 에헤헤, 히카리 언젠가 다 같이 한집에서 묵고 싶다고 쭉 생각했었어! 발안자로서 다들 즐길 수 있도록 준비 열심히 할게!"

착한 애구먼…… 참말로 히카리 쨩은 착한 애야…….

같이 데뷔하여 오늘까지 절차탁마해온 우리들이다. 성장을 축하하며, 더욱 사이가 깊어질 수 있도록 멋진 기념일이 되면 좋겠네.

그 뒤로도 가볍게 잡담을 나눈 다음, 통화를 종료했다. 1주년까지 조금 남았다. 지금까지 없었던 규모의 대형 콜라보도 앞으로는 조금씩 있으니까, 숙박 파티를 준비하면서 급해지는 마음을 진정시키고 평소의 활동도 열심히 해야지.

제1장

라이브온 올스타 콜라보―감금 마피아

『올스타』.

누구든 이 단어를 들으면 적지 않게 가슴이 벅차오르지 않을까?

자기가 좋아하는 사람들끼리 콜라보를 하기만 해도 가슴이 벅차는데, 그것이 일대일에 머물지 않고 다수가 된다면 그야말로 기분이 고양되는 걸 넘어 꿈꾸는 기분일 것이다.

허나 올스타라는 것을 바라는 누구나 알고 있는 일이지만, 이걸 정말로 실현시키려고 생각하면 할수록 높은 난관이 있다는 걸 깨닫게 된다.

모두의 스케줄을 확보한다고 해도, 기획의 내용, 원활한 진행, 평등한 취급, 개성의 조화 등 여러 문제가 거듭해 쌓인다. 그리고 이것은 모이는 스타의 수가 많아질수록 어려워진다.

이것들을 수습하려면, 그에 걸맞은『무대』가 있어야 한다.

현재 라이브온의 라이버 수는 아와와 슈와를 묶어서 한 명으로 쳐도 11명. 게다가 전원 머릿속이 올스타다.

그것에 대응할 수 있는 무대는 그렇게 간단히 준비할 수 있는 것이 아니다…… 그렇게 생각했던 시기가 저에게도 있었습니다.

하지만 그것은 고작 하나의 PC게임으로 해결됐다. 자, 다들! 지금이야말로 외치자—.

과학의 힘이란 대단해—!

"라이브온 라이버 전원 참가, 꿈의 올스타 콜라보 기획! 『감금 마피아』, 지금 개막합니다—!!"

시온 마마의 개시 신호가 끝남과 동시에 나를 포함하여 11명의 환성이 올랐다.

"이번에도 사회 진행을 담당하게 된 모두의 마마, 카미나리 시온입니다! 그러면 이어서 1기생부터 순서대로 자기소개를 부탁해요!"

정말로 모두 있다는 것을 증명하는 의미도 담아서 1기생인 하레루 선배부터 2기생, 3기생 순으로 자기소개를 하는 흐름이다.

"푸슉! 이번 기획에서 텐션이 너무 올라가 스○○로 올스타를 섞어서 연성해버린 스○○로 뽕가리 맛을 빨고 있는 슈와 쨩이드아~! 참고로 이제부터 며칠 동안 만들고 남은 각종 탄산 빠진 스○○로를 마셔야 하는 게 확정되어 있지만, 그런 건 상관없드아아아!"

"호오! 참고로 맛은?"

"해선 안 되는 짓을 했다는 배덕감이 있군요."

"……그거, 맛있어?"

"제로의 탐구자인 저로서는 뽕가는 맛을 연성할 수 있었다는 것에 대단히 만족하고 있습니다."

"아니, 저기, 더욱 구체적인 맛의 감상을 알고 싶은데."

"그건 묻지 마."

"네."

그리하여 시온 마마의 지원을 받으면서 내 순서도 끝나고, 템포 좋게 4기생 소개로 이어진다. 마지막으로 카에루짱의 인사가 끝났을 때, 그곳에는 틀림없이 11명이 모여 있었다.

: ㄹㅇ루 전부 있잖아!

: 최고다!

: 감동과 동시에 떨칠 수 없는 불안을 느낀 건 살면서 처음이야.

: 등장인물이 전원 한마 ㅇ지로인 바키

: 어ㅇ저스인가 한순간 생각했지만 어BAN죰요였다.

: 어쩐지 여기만 기이하게 흄 준위[#1]가 높을 것 같아.

: 마피아에 감사!

: 참가자 전부 마피아인 마피아 게임을 하는 건 아니겠지?

: ㅋㅋㅋ

#1 흄 준위 SCP 재단 세계관에서 사용되는 용어. 특정 영역 내 현실성의 강도를 나타내는 수치. 흄 준위가 높으면 흄 준위가 낮은 대상에 대해 현실조작이 가능해진다.

: 아와 쨩은 없는 건가요……?

: 오늘은 담설이 안 내리니까, 어쩔 수 없어.

: 아와 쨩이라면 내 옆에서 자고 있어.

: 숙취 간병하시느라 수고 많습니다.

: 어째서 슈와 쨩은 하이 포션을 만든 거냐?

: 저 분의 우마○스메 참전을 기다립니다.

: 아그네스 타키온이냐?

: 처음 보는 조합이 산더미 같아서 심장 고동이 위험햇!

: 이 느낌은 번지 점프하기 직전과 비슷하다고.

"이번에는 가능한 오래 게임하고 싶으니까, 얼른 기획 설명 시작할게!"

아비규환의 채팅창을 바라보는 건 적당히 하고, 기획을 설명하려는 시온 마마.

이미 말했지만, 이번에는 감금 마피아라는 게임을 활용한 콜라보 기획이다.

우선 먼저, 마피아 게임이라는 파티 게임이 있다. 참가자들 중에서 몇 명인가가 마피아 역할을 맡아 민간인을 습격하고, 민간인은 추리로 마피아를 알아내 해치우는 것이다. 실제로 한 적이 있는 사람도 많겠지.

이번에 다 같이 플레이하는 감금 마피아는 그 마피아 게임을 기반으로 한 PC 게임이다.

무대 설정은 이렇다.

이번 경우는 11명의 게임 참가자인 우리가 평소처럼 일상을 보내고 있었는데 갑자기 유괴를 당해서, 정신을 차려보니 무기질적이고 SF스러운 방이 이어지는 시설에 갇힌 것이다.

여기서 탈출하려면 각 방에 설치된 간단한 미니게임을 클리어하고, 그때마다 조금씩 쌓이는 탈출 게이지를 꽉 채워야 한다고 안내를 받았다.

다른 수단이 없기 때문에 『플레이어』들은 어쩔 수 없이 따르게 되지만, 그 중에는 이 게임의 운영자가 파견한 『마피아』가 섞여 있는데…….

이런 느낌이다.

기본적으로 위에서 내려다보는 타입의 레트로하고 2D스러운 게임인데, 이 게임의 이점은 하염없이 알기 쉽다는 것이다.

플레이어는 기본적으로 공격 수단 따위 없이 이동만 할 수 있고, 각 방의 간단한 미니게임을 클리어해서 탈출을 노린다.

마피아는 가까운 플레이어를 즉사시키는 공격 수단을 가지고 있으며, 운영측으로부터 갖가지 지원을 받으며 플레이어의 전멸을 노린다.

해야 할 일은 극히 간결하게 되어 있고, 게다가 중간중간 끼어드는 『회의』 파트 덕분에 마피아 게임 본래의 대화하는 재미도 확실하게 내장되어 있다.

"설명은 이 정도일까. 솔직히 이 게임은 직접 보는 게 이해가 빠를 거라고 생각하니까. 얼른 1회전 시작해 버리자!"

시온 마마 말처럼, 백문이 불여일견이다.

일단 사전에 다 같이 모여서 한 번 테스트 플레이를 해 봤으니, 엄청나게 엉망이 되는 일은 없을 거야. 나도 그때를 떠올리면서 플레이할 셈이다.

"아, 그리고 주의사항이 있는데, 참가자들은 완전히 한 식구이면서 모두 초보자니까, 매너 같은 건 최소한으로 챙기는 상당히 자유로운 룰입니다! 이번 방송에 한정된 건 아니지만, 사고 친 사람이 있어도 절대 채팅으로 욕하고 그러면 안 돼요! 그러면 1회전, 스타트!!"

시온 마마의 호령과 함께 화면이 대기소에서 전환된다. 당연히 여기서부터 우리는 채팅창을 보는 게 금지된다.

자, 첫 전원 참가 초대형 콜라보, 즐겨볼까요!

"어디 보자, 나는 어느 쪽일까~."

우선 게임을 시작할 때 11명의 플레이어들 중에서 랜덤으로 두 명의 마피아가 선택된다. 여기서 확실하게 도망치는 쪽과 공격하는 쪽으로 입장이 갈라지는 거지.

나는— 플레이어네. 마피아한테서 도망치며 시설을 탈출, 혹은 마피아를 알아내 쓰러뜨리는 통칭 『처형』하는 것으로 마피아 전멸을 노린다.

이제 여기서부터는 저마다의 대화가 음소거된다. 모두와 대화하는 건 이후 있을 회의 파트까지 미뤄진다.

“좋았어~! 현대의 명탐정 에도일가와셜록란포홈즈0세 코난이라 불리는 내 추리력을 보여주마!”

이제 조작 가능 상태가 되어, 마침내 본격적으로 죽음과 마주 보는 게임이 시작된다.

일단 시온 마마가 설명한 것처럼 각 방의 미니게임을 돌파해서 탈출 게이지를 쌓아야 하는데, 어디부터 갈까—.

이 게임, 상당히 대략적이지만 맵을 보면.

감금 마피아 간이 맵

룰 요약

- ●플레이어와 마피아로 갈라진다
(이번엔 11명 중 2명이 마피아).
- ●플레이어에겐 공격 수단이 없다.
- ●마피아는 가까이 있는 플레이어를 죽일 수 있다.
- ●마피아는 플레이어를 방해하는 갖가지 수단을 가졌다.

●플레이어 승리 조건
·각 섹터에 설치된 간단한 미니게임을 클리어한다 or
·【의논】으로 모든 마피아를 알아내 쓰러뜨린다.

●마피아 승리 조건
·플레이어와 마피아의 수를 같게 만든다.

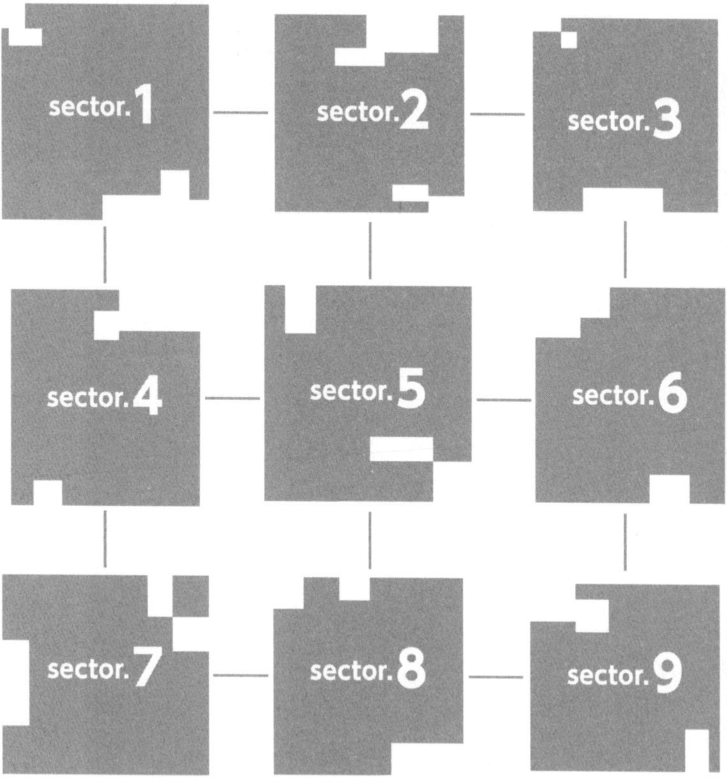

이렇게 정사각형이다. 번호가 방, 선이 방 사이를 연결하는 통로이며, 각 방이나 통로의 형태를 바꾸어 배리에이션을 주는 느낌이다. 더욱이 번호는 없지만 작은 방도 각지에 존재한다.

번호가 붙은 커다란 방은 『섹터』라고 불리며, 게임을 시작할 때는 모두 중앙의 섹터5에서 시작한다. 탈출 게이지를 쌓기 위한 미니게임은 섹터5가 아닌 다른 섹터에 있기 때문에, 강제적으로 그쪽에 가게 된다.

초보자로서 느낀 이 게임의 요령인데, 기본적으로 고립되면 될수록 마피아의 표적이 될 가능성이 높아진다. 마피아는 플레이어를 즉사시킬 수 있지만 연속으로 할 수 있는 게 아니라 한 번에 30초의 쿨타임이 필요하기 때문에, 집단으로 뭉쳐 있을 때 살해를 하면 즉시 마피아라는 게 들켜버린다.

그래서 몇 명이 뭉쳐 행동하는 게 정석인데, 사람 수가 너무 많으면 그거대로 화면이 복잡해지기 때문에 누가 죽였는지 알 수 없게 되는 등의 갖가지 문제점이 생기니까 적절히 뭉치는 게 중요하다.

모두 즉석 팀을 짜면서 흩어진다. 나는…… 그렇네. 히카리 짱이 가고 있는 섹터1 방면으로 갈까. 앗, 아리스 짱이 뒤따라와서 세 명이 됐다.

: 어, 뭐라고?

: 여러 가지 마구 섞여 있었던 것 같은데.

: 현대고 뭐고 이런 카오스한 이름의 인물은 어느 시대에도 없거든?

: 슈와 쨩, 초대는 1세라고 하는 거야.

: 이름을 잇고 싶은 사람이 없을 테니까 애당초 안 붙여도 되겠다.

: ○세의 뒤에 이름을 덧붙이는 사람 처음 봄ㅋㅋ

: 뭐든지 조합하면 좋을 거라고 생각하는 게 절묘하게 바보라서 빵 터지네.

: 자기소개인가 했더니 사고소개였다.

"아리스 쨩은 플레이어든 마피아든 상관없이 엉덩이를 노릴 것 같으니까 잠시 공포를 느꼈지만, 히카리 쨩도 있으니까 괜찮겠지!"

무사히 섹터2에 도착했으니, 다 같이 미니게임을 시작했다.

"분명히 이걸 이렇게 해서, 이렇게이렇게~."

미니게임은 대강 몇 초면 끝나는 간단한 것들이다. 조작하는 캐릭터가 뽈뽈거리며 걸어가는 모습이 귀여운 것도 있어서 현재는 참으로 포근한 상황인데—.

"정전……."

갑자기 시설의 전기가 끊어지고, 시야가 극단적으로 좁아졌다. 이건 마피아가 쓸 수 있는 방해수단 중 하나이다.

마피아는 게임 운영자와 이어져 있어서, 운영측에 요청

하여 갖가지 방해 지원을 받을 수 있다.

라인업으로는,

1. 지금 일어난 30초간의 『정전』. 플레이어의 시야가 극단적으로 좁아지지만, 마피아들은 확실하게 보인다.

2. 특정한 섹터의 미니게임을 30초 이내에 클리어하지 않으면 시설 전체의 플레이어에게만 작용하는 독가스가 분사되어 게임 오버가 되는 『강제 미니게임』.

3. 섹터1, 3, 7, 9에 설치된 『텔레포트 기구』. 이 네 섹터 사이를 순간이동 할 수 있다.

4. 섹터의 『문 폐쇄』. 이것도 30초 동안이며, 주로 플레이어가 도망칠 길을 막는 목적이나 이동을 제한할 때 쓰인다.

이 네 종류다. 각각 한번 사용하면 30초의 쿨타임이 필요하며, 두 마피아 공용이다.

마피아는 이것들을 교묘하게 사용해 팀 행동을 하는 플레이어를 고립시켜, 들키지 않도록 살해하는 것이다.

정전으로 우왕좌왕하는 사이에 전기가 복구됐다. 그렇다면 아마도 이제 슬슬…….

"오, 왔네!"

화면에 불안을 부추기는 적색으로 크게 표시된 『긴급 회의』의 문자. 누군가가 시체를 발견했을 때 그 자리에서 보고할 수 있게 되니까, 이건 그 버튼을 누른 것을 의미한다.

맵에 처음부터 시체가 설치되는 일은 없다. 이건 다시

말해서 누군가가 살해당했다는 것이다.

게임 조작이 일단 정지되고, 강제로 각 참가자의 이름이 표시된 회의 전용 화면으로 전환된다. 회의 파트는 이 보고와, 섹터5에만 설치되어 있는 소집 버튼을 누군가가 눌렀을 때만 시작된다.

이 화면에서 아래쪽에 죽은 참가자의 이름이 나오기 때문에 한 번에 알 수 있다. 첫 번째 피해자는—

【아사기리 하레루 사망】

"어어어어어어어어어엇??!!"

놀라는 소리와 함께 황급히 음소거를 해제하고 대화가 통하도록 한다. 예상 밖의 최초 피해자에 다들 나랑 마찬가지로 아비규환이다.

이제부터 회의 파트. 제한 시간은 2분. 그동안 마피아로 추정되는 참가자를 찾아내, 『투표』를 한다. 회의가 끝났을 때 가장 많은 표를 받은 참가자는 플레이어든 마피아든 상관없이 처형되어 퇴장한다.

또한 누가 마피아인지 확증이 없을 때는 투표를 스킵하는 것도 가능하며, 과반수가 스킵을 선택했을 경우 아무도 처형되지 않는다.

자, 마피아 게임의 노른자인 즐겁고 즐거운 대화 스타트다.

"하레루 선배를 죽이다니…… 아무리 시온 마마라도 용서할 수 없어!"

"하레루 선배가 없었다면 아와유키 공도 라이브온도 태어나지 않았던 겁니다! 이건 극형에 처해야 합니다!"

"냐냥! 자기가 여기 있는 것 자체가 하레루 선배 덕분이라는 걸 마피아는 이해 못하는구나! 얼른 정체를 드러내라! 지금 자수하면 용서해줄게!"

모두의 은인이 죽었다는 충격으로, 다방면에서 분노의 목소리가 터져 나와 아비규환 상태다.

"……어째서 다들 협박으로 해결하려는 거야? 이거 마피아 게임인데?"

……역시 냉정한 마시롱의 태클에 나를 포함하여 모두의 소란이 간신히 잦아들었다.

아차차. 이럼 안 되지. 대화가 중요한 게임이니까 이성을 잃으면 마피아에게 유리해진다. 진정해야지.

……그렇지! 이럴 때 재치 있는 한 마디를 해서 모두를 진정시켜야겠어.

"이래서는 마피아인 사람에게 마피아 게임이 마음에 피해 입는 게임이겠어!"

『…………………….』

저기…….

모두를 진정시킨다고는 했지만…….

순간 동결까지 시킬 셈은 없었는데 말이죠………….

"으응? 미안, 슈와 짱! 히카리 잘 안 들렸어! 마음이 어떻다고? 설명도 해줘!"

"그만해, 히카리 짱! 더 이상 상처를 헤집지 마!"

"마마, 걱정하지 마요. 무슨 일이 있어도 카에루의 최애 마마는 변하지 않아요."

"응. 그 점은 전혀 걱정 안 하니까 괜찮아. 오히려 이 기회에 부디 바꿔주렴."

"아하하하하하하하하핫!! 아와유키 공의 말은 뭐든지 재미있지 말입니다!"

"내가 말하는 것도 그렇지만 너무 쉽게 웃잖아! 도스○고[#2]냐? 전신 약점이란 의미로!"

"우교교교교교교! 아와유키 군은 재미있습니다게스!!"

"야, 지금 그거 누구야! 여기는 라이브온의 라이버밖에 없을 텐데, 들은 적 없는 어조인 녀석이 있었거든?!"

"나야, 나. 세이 님이야."

"누군데."

"우교교교교교교! 나는 세이 님이다게스!"

"아, 뭐야 세이 님이잖아. 평소처럼 이상한 웃음소리가 징그럽네요."

#2 도스○고 몬스터 헌터 시리즈에 등장하는 몬스터. 다른 몬스터는 머리를 쳐야 기절 판정이 생기는데, 도스팽고는 전신이 머리 판정이었다.

"뭔가 이상하지 않니? 아와유키 군."

후우…… 어째선지 갑자기 노호의 태클을 거는 꼴이 되어 버렸다……. 아니, 애당초 내 탓이지만.

"저기, 그, 그러면 모두 어디 있었는지 파악하는 것부터 시작하자! 우선 발견자는 누구야?"

시온 마마가 마음을 가다듬고 진행하기 시작했다. 일단 게임이 진행될 것 같아 다행이다…….

"냐냥! 네코마야! 아래쪽 맵 섹터8에서 죽어 있었어!"

섹터8이라…… 그렇다면 역시 시작하고 곧장 맵 아래쪽으로 간 참가자가 마피아일 가능성이 높구나.

"OK, 그러면 아래쪽으로 간 사람은 누구야?"

시온 마마도 같은 결론에 이르러, 후보를 좁혔다.

확인해 보니 후보는 마시롱, 에에라이 쨩, 카에루 쨩, 그리고 신고를 한 네코마 선배로 네 명이다.

맵 아래쪽의 목격 증언이 있었으니, 이 멤버를 경계하는 게 좋을 것 같다. 일반적으로 생각한다면 이 중에 누군가가 정전일 때 해치운 건가.

"잠깐 기다리는 거랍니다~."

일단 경계해야 할 후보를 특정한 참에, 그 후보 중 한 명인 에에라이 쨩이 말했다.

"정전 중에 이동하거나, 혹은 텔레포트로 위에 갈 시간은 충분이 있었던 거랍니다! 위쪽에 간 사람의 행동도 보고를 해야 하는 거랍니다~!"

……흠. 분명히 그럴 수 있어. 역시 나긋한 어조에 비해 의외로 날카로운 에에라이 쨩, 냉정해. 아래쪽과 위쪽에서 동시에 목격 증언이 나오는 참가자가 있다면, 그 또한 경계해야 한다.

에에라이 쨩의 발언에 불평을 하는 사람은 없었고, 처음으로 시온 마마부터 보고를 시작했다.

"나랑 세이는 섹터3에 갔어! 에헤헤, 따라가고 싶어져서."

"우연인걸. 세이 님도 시온을 따라가려고 했었어."

"엇, 그랬어?! 에헤헤, 같은 생각을 했구나."

"뭐, 당연하지. 좋아하는 사람이니까."

""에헤헤헤헤."

아~. ……처형할까?

"다들, 들어 봐. 완벽한 추리를 했어. 이 녀석들, 여친이 있으니까 마피아다."

"냐냥! 역시 슈와 쨩! 네코마도 일체 반론할 수 없는 완벽한 추리야!"

"슈와 쨩 선배, 좋은 추리를 한 거랍니다~! 여친이 있는 늑대들과 같은 사나운 짐승은 역시 처형해야 하는 거랍니다~!"

"다, 다들 그만둬. 투표하지 마! 꽁냥거린 건 사과할게! 적어도 나는 마피아 아니야! 모두의 마마니까!"

"얼레리~ 질투하냐~."

세 이
아와유키

2기생의 우쿄타 게스오 군이 뭐라고 하고 있지만, 더 이상 뭐라고 해도 분하기만 할 테니까 무시하자.

"그러니까, 다음은 히카리구나! 히카리는 슈와 쨩이랑 아리스 쨩이랑 같이 섹터1에 갔었어!"

"응응. 정전이 복구된 다음에도 셋이 같이 있었지."

"아와유키 공을 지키기 위해 등 뒤를 경호하고 있었습니다!"

계속 뭉쳐 다녔으니까 이 중에 마피아가 있을 가능성은 낮을 거라 생각하지만…….

"에헤헤, 히카리가 선두에 서서 사이좋게 나란히 걸어가는 거 재밌었어! 저기, 뭐라고 하더라, 운동회의 그거 같은 느낌! 저~기, 지네…… 지네…… 그래! 인간지네!"

『인간지네?!』

히카리 쨩의 충격적인 발언에 다시 자리가 술렁거렸다!

"응? 다들 왜 그래?"

"히, 히카리 군? 너희들은 셋이서 인간지네가 된 거니?"

"그랬어요, 세이 님! 히카리랑 슈와 쨩이랑 아리스 쨩 셋이서 사이좋게 연결돼서 걸었어요!"

"그건 사이가 좀 지나치게 좋은 거 아니니?"

"어? 그래요? 학교의 운동회 같은 거에서 자주 하지 않아요? 인간지네."

"흠. 히카리 군이 다니던 학교에는 최면 능력자가 있을

VTuber인데 방송 끄는 걸 깜빡했더니
전설이 되어있었다 5
©Nana Nanato, Siokazunoko 2022
KADOKAWA CORPORATION
[NOT FOR SALE]

가능성이 한없이 높은걸. 이상하게 앞머리가 길고 눈이 가려진 녀석은 없었니?"

"훗훗훗, 제법인데요, 세이 님! 히카리가 최면술마저 쓸 수 있다는 걸 깨닫다니!"

"히카리 군…… 자네의 정체는 최면 능력을 악용해 운동회에서 인간지네를 개최하는 터무니없는 짐승 녀석이었던 거구나, 제자로 받아 주세요."

"다음에 세이 님의 몸에도 직접 걸어줄게요!"

"위험해. 욕심을 낸 탓에 적대해 버렸어. 국외 도망 준비를 해야 해, 콘트라베이스 케이스를 준비해야겠어."

"히카리는 굉장하거든요! 반 애들 중 누구도 히카리의 트럼프 카드 매직을 간파 못했으니까!"

"……이봐, 제군들. 이건 착각한 세이 님이 잘못한 걸까?"

히카리 쨩에게 물어봐도 소용없다는 걸 짐작했는지, 이번에는 시온 마마가 나랑 아리스 쨩에게 물었다.

"두 사람은 뭔가 할 말 있니?"

"저는 아와유키 공과 이어질 수 있다면 지네라도 전혀 상관이 없습니다."

"아리스 쨩은 나랑 이어지는 것에 관해서만 기이한 만능성을 보여준단 말이지. USB야? 저는 아무리 그래도 지네는 봐줬으면 좋겠어요."

어째서지? 어째서 나는 뭉쳐서 행동한다는 이 게임의 정공법을 실행했을 뿐인데, 이런 싸늘한 시선을 받아야 하는 거지?!

"아, 히카리 착각했다! 인간지네가 아니라 지네 경주[#3]였어! 인간지네라는 건 대체 뭔가 싶네, 미안해요!"

『…………..』

그걸 착각할 수가 있나? 라고 아마도 모두 생각했겠지만, 그 히카리 짱이라면 정말일 거라고 생각해서 아무도 말하지 않았다…….

인간지네가 신경 쓰이는 사람이 있어도, 조사하는 건 심장이 강한 사람만 해둡시다…….

그다음에도 회의는 이어졌지만, 첫 회의기도 하고 범행이 어둠 속에서 이루어진 탓에 마피아를 특정할 수는 없었다.

"아, 이런! 이제 시간이 없어!"

시온 마마의 초조한 목소리를 듣고 제한시간에 대해 떠올라, 확인해 보니 이미 회의는 15초밖에 안 남았다.

"이걸로 위쪽도 괜찮은 거지?! 다들 보고했지?!"

"괜찮은 거랍니다~! 보고 감사합니다랍니다!"

응. 일단 이걸로 모두의 보고가 끝났다. 위쪽에는 수상한 행동을 한 의심이 드는 플레이어가 없었지만…….

이 게임, 마피아가 두 명 있다는 게 꺼림칙하다니까. 이

#3 지네 경주 2인3각 경주에서 인원을 늘린 경기의 일본식 명칭. 10인 11각이나 20인 21각 같은 것이다.

대화 속에서도 교묘한 콤비 플레이가 있었을지도 모른다고 생각하면, 무작정 다 믿는 건 위험하다.

"일단 아래쪽으로 간 네 명을 경계한다 치고, 또 보자고!"

빠르게 말해서 뭐라고 하는 건지 아슬아슬하게 알아들은 시온 마마의 말을 마지막으로 회의 파트가 끝났다. 처형된 참가자는 없다.

다시 게임이 조작 가능한 상태로 돌아왔다. 아직 알 수 없는 점이 너무 많으니까, 일단 시온 마마가 낸 결론에 따라 움직이자…….

: 재밌어졌군.

: 하레룽을 처음에 죽인 건 크다.

: 그리고 하레룽은 현재 대절규하며 샷건을 치고 있지.

: 이 슬픈 전개는 대체……!

: 기어코 범인의 저주 인형을 만들기 시작했는데?! 지푸라기가 없으니까 털실이지만.

: 그건 이미 저주랑 상관없는 그냥 인형 아냐……?

첫 번째 회의 파트 뒤로 잠시 지났지만, 지금은 온화하게 게임이 진행되고 있었다.

중간에 마피아의 방해로 몇 번인가 고립되는 멤버가 나오기도 했지만, 기본적으로는 나, 히카리 짱, 아리스 짱 셋이 변함없이 뭉쳐 행동한 덕인지 아직 이 팀에서 사망자는 없었다.

탈출 게이지도 순조롭게 쌓이고 있으니, 이대로라면 전멸하기 전에 게이지가 쌓여서 이기는 게 아닐까? —그렇게 생각했을 때, 다시 화면에 표시되는 빨간 『긴급 회의』 문자.

화면이 전환되고, 다시 대화가 시작된다.

이번의 피해자는—.

【야마타니 카에루 사망】, 【히루네 네코마 사망】

이 두 사람이다—.

"이건…… 한번에 당했네."

첫 번째 회의 때와 비교해서, 마시롱의 목소리에도 긴박감이 있었다.

우리들이 보기에는 온화해 보였던 게임 플레이 뒤에서, 모르는 사이에 두 명이나 당한 것이다. 게임인 걸 알고 있어도, 등골이 오싹해진다.

"……더 이상 이런 곳에 있을 수 있겠냐! 세이 님은 도망칠 거야!"

"저도 마음은 이해 못할 것 없지만, 노골적인 플래그를 세우는 건 그만 두실 수 없을까요, 세이 님?"

"시끄러워! 자, 시온. 같이 국외로 도망치자!"

"세이…… 에헤헤, 어쩐지 그거 신혼여행 같네! 하지만, 이 상황에서 어떻게?"

"그건 물론— 콘트라베이스 케이스지!"

"슈퍼 이코노미 클래스구나! 하지만 세이랑 함께라면 나쁘지 않을지 몰라!"

"세이 님은 콘트라베이스 케이스가 아닌 이동수단을 모르는 건가요? 돈을 제대로 내고서 가세요. 그리고 시온 선배, 콩깍지가 씌워서 행동하는 건 그만 두죠? 아무리 줄어들었다지만 이 많은 수를 저 혼자서 다스리는 건 무리가 있어요."

정말이지 이 커플 콤비는…… 마시롱을 고생시키다니, 난처한 녀석들이야.

어쩔 수 없지, 이 슈와 짱이 마시롱의 태클에 가세해줘야지.

"저기저기, 마시롱."

"응? 왜 그래, 슈와 짱?"

"나도 저 두 사람에게 지기 싫어서 바이올린 케이스를 질렀어. 다음에 같이 들어가서 오키노토리시마[#4]에 가자."

"바보야? 바이올린이라는 악기, 본 적 있어? 그걸 수납

#4 오키노토리시마 일본이 최남단 영토라고 주장하고 있는 암초. 본래 환초대였지만 해수면 상승과 침식의 영향으로 대부분이 잠겨 일부 바위만 수면 위에 드러나 있다. 일본 정부는 남은 암초가 수몰되지 않도록 콘크리트 방파제로 둘러싸고 섬이라 주장하고 있다.

하는 케이스에 들어갈 리 없잖아. 그리고 행선지는 어떻게 안 돼?"

"저기저기, 아와유키 공."

"응? 왜애, 아리스 쨩?"

"저도 아와유키 공이 기뻐해줄까 해서, 곤 쨩[#5]을 질러버렸지 말입니다!"

"야."

"왜 그러십니까? 마시로 공."

"아리스 쨩. 세상에는 다양한 곤 쨩이 있다고 생각하는데, 이 대화의 흐름에서 나오는 곤 쨩은 위험하지 않아? 어디서 출품된 건데?"

"중○나라입니다."

"생각 이상으로 양지에서 팔리고 있어서 깜짝 놀랐네. 혹시 내가 상상하는 곤 쨩이랑 다른 곤 쨩일까?"

"레바논에서 발송됐다고 적혀 있었지 말입니다!"

"결정타잖아! 십중팔구 내가 상상하는 곤 쨩이잖아, 그거! 내일 신문 1면은『어서 와, 곤 쨩』으로 결정이야. 자, 슈와 쨩도 입 다물고 있지 말고 이 난처한 후배한테 뭐라고 말을 좀 해봐."

"ㅇ릉로ㅇ ㅇ."

#5 곤 쨩 카를로스 곤. 브라질 태생 레바논계 프랑스인. 르노—닛산—미쓰비시 얼라이언스 회장직을 맡고 있었지만, 여러 가지 사정이 얽혀 일본 정부에게 체포되었다가 레바논으로 도주했다. 보석으로 풀려나 있던 그가 콘트라베이스 케이스 속에 몸을 숨겨 감시망을 피해 도주했다는 설이 유력하다.

"안 돼, 안 돼, 안 돼, 안 돼, 전부 안 돼! 왜 그걸 그대로 말한 거야?! 아웃이야! 아~ 나는 이제 무리, 태클 리타이어……."

훗. 내가 했지만 참으로 깔끔한 태클이었다. 너무 깔끔해서 너무 파고든 태클이었을지도 몰라.

"마시로 쨩? 괜찮아? 지쳤어?"

"아아, 히카리 쨩…… 지금 나한테는 너만이 구원이야."

"오오! 그렇게 말해주면 히카리도 열심히 해야지! 맡겨둬, 마시로 쨩. 이제부터 히카리가 태클을 맡을게!"

"정말? 할 수 있어?"

"후후훗! 이 히카리한테 모두 맡겨둬! 마시롱도 말을 잃을 태클을 보여줄게!"

"고마워, 히카리 쨩. ……그러면 시온 선배 대신 이제부터 내가 이 자리를 지휘할게? 그러면 다들, 다시 회의에 집중해."

"어째서고!"

"　　"

"어때, 마시로 쨩! 방금 태클 완벽했지? 어라? 마시로 쨩? 저기요~?"

마시롱이 본격적으로 녹다운되자, 아무리 그래도 위험하다고 생각했는지 콩깍지 씌웠던 시온 마마가 돌아왔다.

"아~ 어흠! 다들 정신 차려! 아직 마피아가 두 명이나 살아 있는 건 확정이야. 이제 누군지 못 알아내면 져버릴 거야! 누군가 처형해야 돼!"

"분명히 그렇지 말입니다. 아와유키 공에게 승리를 바쳐야 하니…… 일단 저와 아와유키 공과 히카리 공은 뭉쳐서 다녔으니 마피아가 끼어들 여지가 없었을 거라고 생각합니다. 처음에 위로 가지도 않았으니, 이 세 명은 플레이어로 보고 진행해도 될 거라 생각합니다."

"흐흠…… 그렇게 생각하면, 이번에 살해된 멤버 둘 다 개막한 뒤 금방 맵 아래로 갔었다고 했지."

"저요저요저요저요! 저는 에에라이 쨩이 수상하다고 생각합니다!"

상황을 정리하는 시온 마마에게, 개인적으로 가장 수상하다고 생각하는 인물의 이름을 큰 소리로 주장했다.

개막한 직후의 행동이나 회의 중에 보인 경계해야 할 후보를 분산시키려는 언동, 지금 생각하면 수상하다고 생각할 수밖에 없어.

"음~ 그건 어떨까……."

"시온 마마, 왜 그러나요?! 이 중에서는 제일 수상한데요?!"

"그게 말이야. 사실 나랑 세이도 경계해서 감시를 해봤는데, 수상한 행동은 없었어. 오히려 협조적이었을 정도야."

"저, 정말인가요?"

"응, 그건 세이 님도 생각했단다. 빤히 시선 강간을 해봤는데 이상한 점은 없었던 것 같아. 전신이 음탕하긴 했지만."

"커플 팀 선배들 말이 맞는 거랍니다~! 제가 처음 회의 때 맨 위쪽 사람에 대해서도 경계를 부르짖은 건, 정말로 특정이 느슨하다고 생각했기 때문이랍니다! 저는 플레이어인 거랍니다~!"

"으음~. ……에에라이 쨩은 완벽하게 결백하다고 하기는 어렵지만, 지금 당장 처형할 정도가 아니라고 시온 마마도 생각하거든."

으……. 이건 더 이상 추궁해도 소용이 없겠어……. 꽤 괜찮은 추리였다고 생각했는데…….

어라? 하지만, 에에라이 쨩 말고 수상한 사람이라면 남은 건…….

"—혹시, 마시롱?"

이것밖에 선택지가 없는데…….

"아니, 기다려. 분명히 이 상황에서 의심이 드는 건 이해해. 하지만 아냐. 나는 정말로 아냐. 나는 에에라이 쨩이 마피아가 아닐까 해서 네코마 선배나 카에루 쨩과 같이 행동하고 있었는데, 강제 미니게임이나 문의 폐쇄 탓에 분단돼서, 깨닫고 보니 혼자 남았어."

"흐으~. ……사랑하는 마시롱이 하는 말이니까 믿고 싶지만, 이건 아무래도……."

"정말이야, 슈와 쨩! 애당초, 커플 팀도 개막하고 금방 하레루 선배를 죽이는 건 충분하고 남을 정도로 가능했을 거야. 그러고 보니 아까 힐끔 시온 선배랑 에에라이 쨩을 봤는데, 세이 님은 없었죠? 뭐하고 있었나요?"

"옆방에서 미니게임을 하고 있었지. 게이지를 꽉 채워서 이길 낌새가 보였으니까."

"분명히 그런 장면도 있었지만, 세이는 금방 합류했어! 세이는 플레이어라고 생각해!"

"그런 거랍니다! 더욱이 말하자면, 두 사람이 마피아라면 함께 행동했던 저는 진작에 죽었을 거랍니다! 이번에는 마시로 선배를 처형해야 해요! 너무 수상한 거랍니다~!"

"……그건, 에에라이 쨩이랑 커플 팀 둘 중 하나가 마피아일 가능성도 있고……."

반론을 하는 마시롱의 목소리가 점점 작아진다.

이건…… 처음 처형당하는 건 마시롱으로 결정이군. 가엽지만 그런 규칙의 게임이다.

그렇게 생각하여 투표 버튼에 손을 올리려고 하던, 바로 그때였다.

"으음…… 히카리는 점점 뭐가 뭔지 모르게 됐어. ……있지, 챠미 쨩은 어떻게 생각해?"

지금까지 조용히 이야기를 듣고 있던 히카리 쨩이 그렇게 말했을 때, 이 공간의 시간이 몇 초 딱 멈추었다.

챠미…… 쨩……?

: 이건……?

: 흐름이 변했군.

: 한편, 하레룽은 재빨리 털실을 짜는 것이었다.

: 감금 마피아는 여타 마피아류 게임이랑 다르게 플레이어가 죽은 다음엔 할 일이 없으니까…….

: 마피아 쪽은 죽은 다음에도 방해할 수 있는데 말이지…….

"어?! 어, 어째서?! 스텔스 모드인 나를 간파했어?!"

몇 초간 말이 없던 공간에, 이 기획이 시작되고 자기소개를 했을 때 이후 처음으로 챠미 쨩의 목소리가 울렸다.

그래. 자기소개를 한 이후 처음이다. 기억을 아무리 거슬러 올라가 봐도 이 제1회전에서 그녀가 말한 장면은 한 번도 떠오르지 않는다.

챠미 쨩은 완전히 모습을 감추고 있었다. ……하지만 어째서? 어째서 챠미 쨩은 발언하지 않았을까? 그리고 어째서 우리는 그걸 깨닫지 못했지?

"왜 그래? 챠미 쨩, 뭔가 당황하네?"

"히, 히카리 쨩…… 언제부터…… 내가 보였어?"

"응? 그야 처음부터지! 챠미 쨩은 말 잘 못하니까 사람들 잔뜩 있는 장소에서 괜찮을까~ 해서 계속 걱정이었는데, 너무 말을 안 하니까 히카리가 도와주려고! 흐흥!"

"처음부터…… 라니……."

아연해진 기색의 챠미 쨩. 아니, 챠미 쨩만 그런 게 아니

스텔스 모드
챠미

다. 히카리 짱 말고 모두가 놀라움을 감추지 못했다.

이 상황은…… 첫 번째 회의 때, 그때부터 히카리 짱 말고 모두가 챠미 짱의 존재를 인식하지 못했다는 거다.

그건 다시 말해서— 지금까지의 추리가 근본부터 뒤집어지기에 충분하고 남는 사건이었다.

"챠, 챠미 짱 모습을 본 사람?! 누구 없어?! 지금이 아니라도 언제였어도 되니까, 챠미 짱의 동향을 아는 사람?!"

시온 마마가 당황해서 목소리가 흐트러졌다. 그러나 그에 반응하는 사람은 없었다.

그런 일이 있을 수 있나? 목소리를 듣지 못한 거라면 모를까 모습을 본 사람도 없다는 일이 이 게임에서…….

"그, 그럼! 히카리 짱은?!"

"응~. ……게임 시작 직후에 어디로 가는 건 본 것 같은데, 그다음에는 히카리도 모르겠어요……."

"그런…… 대체 무슨 일이……."

존재를 깨닫고 있던 히카리 짱마저도 게임 시작 직후 이후에는 못 봤다— 라고…….

"헉!"

그때, 나는 챠미 짱의 어떤 특기를 떠올렸다.

챠미 짱은 누구나가 인정하는 낯가림쟁이다. 가능한 익숙하지 않은 사람과 대면은 피한다. 그 너무나도 강한 마음이 챠미 짱에게 초능력 같은 재능을 개화시켰다.

처음에 그 힘의 편린을 보인 것은 나랑 유원지에 갔을 때였다. 그때 인싸 느낌인 사람에게 샤미 쨩은 이상할 정도로 민감하게 반응하여, 재주 좋게 피해가며 행동했었다.

그리고 그 힘을 본인이 자각한 것은, 어느 날 방송에서 했던 호러 게임 플레이 때였다. 나도 아카이브를 봤다. 시청자 사이에서는 허당 절규 플레이가 확실하다는 의견이 지배적인 가운데 첫 플레이라고 생각하기 어려운 속도로 쑥쑥, 적과 거의 만나지도 않고 게임을 진행한 것이다.

시청자들은 물론 샤미 쨩 본인조차 무슨 일이 일어난 건지 몰라 당황하고 있었지만, 이윽고 깨달았다.

샤미 쨩은 낯가림이 너무 심하다 못해 꼬인 결과, 감각을 극한까지 갈고 닦아 현실 세계, 그리고 게임 속에서마저 인간의 위치를 지각할 수 있게 된 것이라고!

그리고 감금 마피아를 플레이하고 있는 이 상황…… 어쩌면 샤미 쨩은 그 능력을 써서, 팀을 짜기는커녕 아무도 만나지 않고 게임을 진행한 게 아닐까?

가능성은 충분히 있다. 서둘러서 이상의 정보를 모두에게 간략히 설명했다.

"어, 그런 슬픈 능력이 있을 수 있니? 세이 님 조금 울 것 같은걸."

"샤미 쨩, 멋있다!! 히카리도 그 능력 갖고 싶어!"

"히카리 쨩에겐 제일 무리가 아닐까……."

"네에엣?! 시온 선배, 어째서요?!"

"그게, 음과 양은 언제나 양립할 수 없는 거니까……."

"너희들은 그러고도 인간이냐랍니다!"

다들 제각각 말하고 있는데, 입을 다물고 있던 마시롱이 갑자기 웃기 시작했다.

"후후후후훗."

"마시롱, 무슨 일 있어? 오줌 지렸어?"

"어째서 그런 결론에 이른 거야, 슈와 짱? 분위기 엉망 됐잖아."

"그야 걸핏하면 나한테 성큼성큼 태클 거는 그 마시롱이, 챠미 짱의 경악할 비밀이 탄로 났는데 태클을 안 거니까……."

"내가 태클 걸지 않을 때는 계속 오줌을 지리는 거라고 생각하는 거야? 그럼 항상 슈와 짱이 내 곁에 없으면 큰일이잖아."

"그건…… 프로포즈를 받고 싶은 거야? 마시롱의 팬티는 평생 내가 지킨다고 말해 줘?"

"그런 프로포즈 받으면 놀라서 정말 지릴 것 같아."

"허억, 허억, 허억, 허억!"

"그리고 시온 선배, 노골적으로 콧김이 거칠어지는 건 그만 두실까요? 안 지렸거든요."

"칫. 그 가드 단단한 마시롱이 유아퇴행을 해준 거라고 생각했는데."

"네네네~. 그러면 진행합니다. 일단, 히카리 짱이랑 슈와 짱한테 나이스라고 하고 싶어. 덕분에 추리가 정리됐어. 그러면 샤미 짱, 이야기를 해볼까?"

"히익?!"

마시롱이 그렇게 말하고, 샤미 짱에게 가차 없는 심문을 시작했다.

아직도 마시롱에 대한 마피아 의혹이 가신 게 아니지만, 지금은 모두 샤미 짱의 움직임이 신경 쓰여서 그 모습을 묵묵히 지켜보았다.

"왜 그렇게 입을 다물고 있었어? 그리고 방금 전에 말한 스텔스 모드는 뭘까?"

"……저기! 나, 사람이 많으면 아무 말도 못하게 되잖아! 말하는 타이밍이 겹치면 어색하니까……."

"그렇구나, 그러면 일대일로 처음부터 물어볼까? 개막 뒤에 어떻게 움직였어?"

"세, 섹터6으로 가서, 거기서 위로 갔어."

"누구랑 같이 있었어?"

"……아니."

"그렇구나. 섹터6에서 위로 갔다면 세이 님과 시온 선배가 있는 섹터 3에 갔었지? 두 명이랑 합류 안 했어?"

"앗…… 저기, 선배들이 섹터3의 미니게임을 진행하고 있으니까, 다른 섹터에 가는 게 좋지 않을까 하다가 섹터 사이의 통로에서 길을 잃었어!"

"혼자서?"

"어, 으응. 그렇지."

"우선 그게 수상하네."

"어, 어째서어?!"

당황하는 낌새를 명백하게 감추지 못하는 샤미 쨩과 달리, 마시롱은 평소처럼 냉정하게 도망칠 길을 막았다.

"이 게임에서 개인으로 행동하면 마피아의 표적이 되거나, 혹은 마피아라고 의심을 받는 걸로 이어져. 만약 플레이어가 그 상황이라면 일단 합류하는 게 보통 아닐까? 적어도 피하는 건 너무 수상해. 낯을 가린다고 해도, 이 게임은 회의 파트가 아니면 말할 필요가 없으니까, 만나는 것마저 피하는 건…… 모습을 드러낼 수 없는 이유라도 있었던 걸까?"

"마, 마시로 쨩은 무르구나! 내 낯가림을 얕보면 안 돼! 대화가 없어도 모습을 드러내는 것조차 두려운 법이야!"

"흐응…… 뭐 좋아. 그러면 방금 전에는 뭐하고 있었어?"

"……섹터1 근처에 있었어."

"거기까지 간 루트는?"

"그러니까…… 분명히, 섹터8에서 5, 4, 1로 이동했어."

"흐음…… 이번에 시체를 발견하고 신고한 건 나거든. 같이 행동했던 네코마 선배랑 분단돼서, 서둘러서 합류하려고 했는데 그때 이미 시체였어. 그 시체가 있었던 건 섹터4였을 텐데, 거길 통과했다면 어째서 신고를 안 했을까? 한동안 정전도 없었는데, 시체를 발견 못했어?"

"스, 스톱인 거랍니다~!"

샤미 짱이 마피아라는 의혹이 드디어 확정으로 바뀌려는 참에, 갑자기 에에라이 짱이 끼어들어 대화를 중단시켰다.

"샤미 선배가 하는 말을 모두 믿는 건 그만 두는 편이 좋은 거랍니다~!"

"그건 왜야?"

갑작스런 일이었지만, 그래도 마시롱의 의연한 태도는 무너지지 않았다.

"샤미 선배는 허당이니까랍니다~!!"

"에에라이 짱?!"

설마 했던 후배의 한 마디에, 샤미 짱의 입에서 쇼크와 놀라움이 섞인 목소리가 나왔다.

하지만 신기하게 샤미 짱 말고 다른 참가자는 놀라지 않았다. 왜냐하면, 맞는 말이니까…….

"그렇구나, 에에라이 짱. 역시 날카로워. 분명히 샤미 짱은 허당이야."

"마시로 짱까지 허당이라고 하는구나……."

샤미 짱이 점점 풀이 죽어가지만, 그 이면에서 이번에는 마시롱과 에에라이 짱의 대화가 발발했다.

"애당초랍니다! 챠미 선배가 마피아라고 해도, 이렇게 길게 들키지 않을 수 없다고 저는 생각하는 거랍니다~! 분명히 어디선가 실수를 했을 거랍니다!"

"그럼그럼. 나도 알아. 그 생각은 잘 알아, 에에라이 쨩."

"그렇다면—."

"그렇다면, 챠미 쨩이 들키지 않고 암살에 집중할 수 있도록, 처음부터 지금에 이르기까지 든든하게 지원해준 동료가 있을 테지?"

"………………."

"그치? 에에라이 쨩?"

이건…… 혹시 에에라이 쨩이, 궁둥이에 몰린 건가……?

아차, 궁지에 몰린 건가?

"에에라이 쨩, 그러고 보니 첫 번째 회의 마지막에 시온 마마가 이걸로 전원의 장소를 보고했냐고 물었을 때, 챠미 쨩이 보고를 안 했는데 맨 먼저 긍정했었지? 그거, 챠미 쨩을 감춰 준 거 아냐?"

"그럴 리 없는 거랍니다! 그건 정말로 깨닫지 못했던 것뿐이고…… 애당초, 마시로 선배도 눈치 못 채지 않았나요랍니다! 그리고, 방금 전부터 자기가 확실한 플레이어인 것처럼 말하고 있지만, 저는 아직도 시체 발견자인 데다, 누군가를 솔선해서 처형하려는 마시로 선배가 제일 수상하다고 생각하는 거랍니다!"

"하지만 방금 전 챠미 쨩은 시체를 그냥 지나쳤는데?"

"그거야 그때는 아직 시체가 아니었고, 방금 전에 네코마 선배를 죽인 마시로 선배가, 사람 수를 줄이기 위해 스스로 신고했을 가능성도 커다란 거랍니다!"

"그, 그래! 내가 섹터4에 갔을 때는 시체 같은 거 없었어!"

에에라이 쨩의 반격에 편승하는 챠미 쨩. 흠…….

"그리고 저도 사실 시온 선배랑 세이 님과 행동을 계속 같이 하고 있었고, 제가 만약 마피아라면 그런 짓은 안 하는 거랍니다~! 그렇죠, 2기생 선배들?!"

"……어떻게 생각해? 시온."

"으음~. ……분명히 에에라이 쨩은 수상하지만, 역시 그럴 듯한 거동은 없었던 것 같단 말이지."

오? 설마 역전인가?

"역시. 정말로 머리가 좋구나, 에에라이 쨩."

"이 톰보이쉬 선배는 아직도 그렇게 말을 하는 거랍니다! 빠르게 포기하는 것도 중요하답니다!"

"하지만 그 좋은 머리로 의혹이 확신으로 바뀌었어. 역시 에에라이 쨩은 마피아야."

그렇다고 한순간 생각한 장면이었지만— 마시롱은 이 상황에서 승리를 확신했다.

"우선, 가장 처음에 당한 하레루 선배 말인데, 이건 에에라이 쨩이 죽였을 가능성이 한없이 높아."

"어, 어째서인 거랍니다?!"

"하레루 선배는 우선 틀림없이 이 게임에서 강해. 챠미 쨩이 아무리 말을 안 해도 아마 간파할 거야. 챠미 쨩 혼자라면 이걸 깨닫지 못하고 맥없이 당했을 거야. 그러니까 의심 받아도 된다는 각오를 하고 억지로 가장 큰 위험분자를 제거했어. 문제는 그다음. 아무리 그래도 챠미 쨩한테 이 정도 재능이 있다는 건 에에라이 쨩도 몰랐을 거라 생각하니까, 하다못해 다른 사람이 눈치 못 채도록 방해하면서 말하는 쪽과 철저하게 죽이는 쪽으로 완벽하게 갈라졌어. 하레루 선배를 해치워서 강하게 의심을 받은 시점에서 수상한 행동을 하면 위험하고, 챠미 쨩이 혼자 남으면 승산이 없어지니까. 왜냐면 사람 수가 줄어들수록 회의 파트에서 챠미 쨩이 들킬 가능성도 높아지잖아."

"마시로 선배, 아무리 그래도 너무 깊이 생각한 거랍니다…… 저는 그렇게까지 머리가 안 돌아가는 거랍니다……."

"그래? 하지만 이 상황을 봐. 만약 챠미 쨩의 존재를 깨닫지 못하고 내가 처형됐으면, 어느 정도 분단을 한 다음에, 마무리를 짓고자 에에라이 쨩이 킬에 참가하고, 챠미 쨩이랑 합류해서 더블 킬을 두 번 하면 이기잖아. 뭐, 히카리 쨩을 얕본 걸로 지금 핀치에 몰렸지만."

"흐흥!"

히카리 쨩이 으스대는 목소리를 냈다. 역시 히카리 쨩은 맹하지만 동시에 특이한 재능이 있어.

“뭐, 그러니까 내가 무슨 말을 하고 싶은가 하면, 이 게임은— 에에라이 쨩의 챠미 쨩 전력 육성 플레이였다는 거야!”

『챠미 쨩 전력 육성 플레이?!』

“—후후후후훗, 그 나는 지금 전력 수치 플레이를 맛보고 있거든? 마시로 쨩, 나중에 벌을 줄 거니까 각오하고 있어.”

“어, 내가 무슨 벌 받는 거야?”

“다음에 만났을 때 계속 내 귓가에 속삭여줘야겠어!! 중성적 보이쉬 보이스, 못 참아아아아히히히히히우표표표표!!”

“입 다물어.”

“저기저기, 챠미 쨩! 나는?”

“술고래의 술 냄새나는 뇌사 흐늘흐늘 보이스 못 참아아아아아아아!!”

“마시롱, 귀에 성기가 달린 이 여자를 처형할게.”

“진정해, 슈와 쨩. 아마 지금 그건 챠미 쨩 나름대로 칭찬한 거야. 조금 너무 솔직했던 거지.”

“뭣! 내 숨에선 이상한 냄새 안 나거든! 라벤더 향이야!”

“그거 화장실 냄새이기도 한데.”

“잘못 말했다. 그럼 스○○로 향!”

“얌전히 레몬 향이라고 하면 되는데 어째서 가공한 거야……. 아니 실제로 지금은 스○○로 향일지도 모르지만…… 어라? 오늘은 무슨 맛을 마셨지?"

"전부 섞었드아."

"확실하게 술 냄새 나잖아."

"내, 냄새 안 나거든! 이건 실질적으로 후르츠 오레[#6] 같은 거잖아? 실제 맛은 정말로 후르츠 어라? 라고 말하고 싶어졌지만!"

"시끄러워."

"그리고 그리고 말이야. 입 냄새 대책도 칼같이 하고 있어! 난 주로 프리스크[#7] 같은 걸 먹는단 말이야? 밥그릇에 고봉밥처럼 프리스크를 퍼 담아서 먹고 있거든."

"그거 어디서 퍼 담는 거야?"

"거기에 태클 거는 거야?"

정말로 입 냄새 관련으로는 신경을 쓰고 있거든?! 이래 봬도 젊은 여자애니까?!

"우왓, 시간 없다?!"

마시롱과 대화하는 게 즐겁다고 해도 이런 짓을 할 때가 아니었다. 이제 회의 남은 시간이 아슬아슬해!

"좋아, 여기서 한 명은 처형을 해야지. 하다못해 챠미 짱이나 에에라이 짱 둘 중 하나는 무조건이야. 그걸로 안 끝나면 가차 없이 나를 처형해도 돼. 아니면 둘 중 하나를 처

#6 후르츠 오레 일본 편의점 세븐일레븐의 상품. 과일 4종을 믹스한 유산균 음료.
#7 프리스크 벨기에산 목 사탕. 강력한 청량감을 자랑한다.

형한 다음이라도 돼. 분명히 그걸로 이길 수 있다고 확신하니까. 지금 가장 해선 안 되는 건 샤미 쨩이랑 에에라이 쨩을 둘 다 살려두는 거야."

『…………………….』

그 말을 마지막으로 마시롱은 샤미 쨩에게 투표했다.

……응, 나도 정했다.

그럼 투표 버튼을 누른다. 투표는— 샤미 쨩한테.

"그럴 수가아아아아아아아……."

비통한 목소리와 함께 화면에 표시되는【야나가세 샤미 사망】의 문자. 다른 참가자의 투표도 샤미 쨩에게 집중되어 있었다. 한없이 유죄에 가까울 만큼 수상했으니까 이건 어쩔 수 없어…….

회의가 끝나고, 캐릭터의 조작이 섹터5에서 개시된다.

하지만 이거…… 거의 승부가 난 거 아냐? 왜냐면 또 한 명의 마피아, 에에라이 쨩이잖아.

마시롱의 추리도 있었고, 역시 거기서 샤미 쨩을 감싼 게 안 좋았어. 동료랍니다~ 라고 자백하는 거나 마찬가지다.

에에라이 쨩이 살아남으려면, 그때 샤미 쨩을 완전히 내쳤어야 한다. 비정할지도 모르지만, 속이는 것이 승리로 이어지는 게임이니까.

앞으로, 아마 에에라이 쨩은 철저하게 마크될 거야. 아니, 회의가 끝난 직후니까 규칙에 따라 쿨타임이 있지만, 누를 수 있게 되면 곧장 소집 버튼을 눌러서 처형해야 할까?

조작이 가능해질 때까지 그런 생각을 하고 있— 그때였다.

막상 움직일 수 있게 된 순간, 에에라이 쨩이 아무 망설임도 없이 마시롱에게 달려가서.

그리고 생존자 모두의 눈앞에서— 살해했다.

【이로도리 마시로 사망】

"에엑———?!?!"

누가 신고 버튼을 눌렀는지는 모르지만, 화면은 회의 파트로 다시 이행됐다.

"우우우우우우!! 챠미 선배의 원수우우우우우우우우!!"

『에————?!?!』

우, 울고 있어—??!!

"후하하하하핫! 챠미 선배! 해냈다! 원수의 멱을 땄다카이!"

이, 이건 틀림없어! 지금 에에라이 쨩은 원장이 아니라 번장이다! 하지만 어째서 이 타이밍에?!

"에에에에, 에에라이 쨩?! 무슨 일이야?! 챠미 쨩이랑 그렇게 사이좋았었나?!"

아직도 동요 한복판에 있는 시온 마마였지만, 사회자의 오기로 번장에게 물었다.

"챠미 선배하고 교류한 건 이번이 처음이다. 애당초 챠미 선배는 콜라보 자체가 적다. 하지마안, 그런 건 상관없데이! 어떤 경위가 있든지 한 번 잔을 나누면 형제인 기다! 함께 싸운 가족인 기라! 우와아아아아아아!!!!"

이 여자, 의리랑 인정이 너무 두터워! 이게 번장의 그릇인가—!

"지지지진정하십쇼, 번장! 직접 무대포 돌격을 하면 어쩝니까요?! 당신은 에에라이 구미의 번장 아닙니까?!"

"아니, 번장조차 아니고, 원장이거든? 그리고 어째서 그렇게 적응이 빠른 거야, 슈와 짱?!"

"시온 마마, 저는 에에라이 짱이 가진 이면의 얼굴(번장)이 처음 세상에 나왔을 때 바로 옆에 있었습니다. 그래서 조금 익숙한 거죠."

호러 게임을 함께 했을 때를 떠올렸다. 지금 생각해 보면 그때 내가 받은 충격은, 아와가 슈와가 됐을 때 모두가 받은 충격과 비슷한 거였을지도 몰라.

"샤미 선배는 말이데이, 좋은 녀석이었다…… 바보지만서도!"

『바보지만서도.』

아마 지금 천국에서 샤미 짱도 여러 가지 감정 탓에 울고 있을 거야.

하지만 이제야 그때 샤미 짱을 감싼 이유를 알 것 같다. 언뜻 두뇌 회전이 빠른 에에라이 짱이라면 내치는 게 보통이라고 생각하겠지만, 이건 아마 동료를 너무 생각해서 버린다는 발상조차 못 한 거야…….

"에에라이 쨩 멋져! 히카리, 평생 따라가겠습다!"

"역시 에에라이 공의 동료를 생각하는 마음은 참으로 어엿합니다. 동기로서 자랑스럽습니다!"

거봐. 이런 절망적인 상황에서 두 명이나 카리스마에 당해서 배신했잖아?

이 녀석을 원장이라고 한 녀석 누구야? 어서 나와라! 그런 게임이 아니라고, 이거!

"……아, 가만 생각해 보니 챠미 선배는 투표로 죽은 거니까, 원수는 마시로 선배만이 아닌가?"

아, 위험해.

"이 자식들, 전부 이 도스[#8]로 ㅇ를 ㅇㅇㅇ해서 ㅇㅇㅇㅇ를 끄집어내서 그걸로 ㅇㅇㅇ해줄 테니까 각오해라 임마아아아아아아!!"

"위험해! 라이브온이다!"

"그런 레ㅇ지 군[#9] 같은 말을 하지 말아 주세요, 세이 님. 자, 히카리 쨩이랑 아리스 쨩도 게임으로 돌아와!"

"걱정할 것 없습니다, 아와유키 공. 저는 아와유키 공을

#8 도스 일본의 야쿠자 용어. 보통 긴 날붙이를 칭하는 은어인데, 대개는 일본도를 칭하는 경우가 많다.

#9 레ㅇ지 우메자와 하루토의 만화, 『브레멘』의 등장인물인 히노 레이지. 긴박한 표정으로 『위험해! 레ㅇ프다!』 라고 외치는 장면이 인터넷에서 유명해졌다

위해서라면 기꺼이 무대포 돌격을 하는 겁니다."

"조금 영향이 남아 있잖아—!"

"큭! 에에라이 쨩은 멋지지만, 마시로 쨩이 당한 건 동기로서 가만히 있을 수 없어. 히카리는 제정신으로 돌아왔다!"

"그거 정말로 돌아왔어? 모 용기사[#10]처럼 또 배신하는 거 아냐? 뭐, 아무렴 어때. 이만큼 있으면 지진 않으니까."

잊을 것 같았지만 지금은 감금 마피아의 회의 파트다. 마피아가 완벽하게 특정된 이상, 처형을 해야 한다.

에에라이 쨩, 각오하도록!

"오? 5대1이라니 나쁘지 않은 습격이구만. 하지만 우선 어느 구역에서 왔는지 이름부터 안 대냐아아아아아!"

"아니, 구역은 에에라이 군이랑 같은데……."

"내부 항쟁이란 것이지 말입니다! 차기 번장의 자리는 아와유키 공의 것이지 말입니다!"

"필요 없어요."

"훗, 훗, 훗! 그렇게는 안 돼, 슈와 쨩! 차기 번장의 자리는 히카리 거야!"

"봐요, 예상대로 배신했잖아. 피로 피를 씻는 싸움이 시작되려고 하잖아."

뭐, 아무튼 좋아. 일단 승리가 확정됐으니 제1회전은 이

#10 모 용기사 게임 『파이널 판타지 4』의 『카인 하이윈드』. 적에게 조종당해서 주인공을 배신했다가 제정신으로 돌아와서 적을 배신하고, 다시 조종당해서 주인공을 배신하는 것 때문에 배신왕이라고 불린다. 주인공을 두 번째 배신했을 때 『나는 제정신으로 돌아왔다』고 했다.

걸로 끝내자!

"머릿수는 당해낼 수가 없다는 거지만…… 나는 포기 안 한데이! 챠미 선배의 원한, 여기서 풀어줄 기라! 먹어라, 필살, 미키 ㅇ우스 흉내! 하핫! 다들 꿈의 나라 지하 세계로—."

『우오오오오오오그건그만둬어어어어어어어엇!!!!』

【소노카제 에에라이 사망】

【플레이어측 승리】

마지막에 터무니없는 자폭 특공을 걸어온 에에라이 짱에게 모두 투표를 집중하여, 마피아의 전멸로 플레이어가 승리했다.

여, 역시 뒤 세계를 쥐고 있는 번장이다. 그 패배 확정인 상황에서 무승부로 이끌어가려 하다니…… 죽기 직전까지 방심할 수 없다.

: 수고했어!

: 이런 마피아 게임은 처음 봤다…… 그리고 마지막은 마피아 게임조차 아니었지.

: 마피아 게임을 보고 있는 줄 알았는데 어느샌가 야쿠자 영화가 되어있었다.

: 번장 완전 좋아!

: 에에라이 번장, 조직원 챠미의 원수를 갚으려 결사의 특공.

: 선배란 대체…….

: 하레룽, 마침내 인형을 완성해서 카탓타에 사진 올렸네. 거기 있는 것은 등신대의 키○ 카즈마[#11]였다.

: 엥?

: 온갖 예상을 넘어서는 여자.

: 예상으로 장애물 달리기 하지 말라고ㅋㅋ

자, 이젠 중간에 당한 사람도 합류하여, 다음 게임 시작까지 시끌벅적 감상을 나누는 시간이다.

수수께끼였던 부분의 답을 맞히기도 하면서 분위기가 사니까, 마피아 게임은 이 시간도 즐겁다니까!

『수고하셨습니다~!』

다들 입을 모아 말한 다음, 맨 먼저 입을 연 건 개막 퇴장을 장식한 하레루 선배였다.

"어이, 거기 보스여. 뭔가 할 말은 없는가?"

"보스라는 건 대체 누군인가요랍니다~?"

"너다, 이 자슥아! 아, 아니면 번장이라고 하는 게 좋아?"

"그런 라이버는 라이브온에 없는 거랍니다~."

"이이~ 이 자식, 시치미를 떼다니! 너무나도 주저 없이 죽이러 오니까 천재인 나도 도망칠 생각조차 못 했다니까!"

"어쩌다가 눈에 들어와서 노린 것뿐이랍~니다~."

#11 키○ 카즈마 게임 『용과 같이』 시리즈의 주인공. 시리즈를 거치며 전설의 야쿠자로 불리게 되는 인물.

"아, 그렇지, 보스. 등신대 키○ 카즈마 인형 줄까?"
"누구를 해치우면 되지? 아니면 돈을 바라나?"
"보스도 본색 너무 쉽게 드러나게 됐는걸. 그냥 줄게……."
역시 처음에 하레루 선배를 죽인 건 에에라이 짱이었구나.
그건 그렇고 역시 번장, 한번 죽인다고 정한 상대에겐 가차 없는 모양이다.
"챠미 짱이 화면에 비쳤을 때는 정말로 너무 놀라서 목소리 나왔어……."
"카에루도 오줌을 지리는 줄 알았어요. 그리고 합법적으로 수많은 사람 앞에서 지린 다음 아기가 될 찬스였는데 반사적으로 참아버린 걸 후회하고 있어요."
이어서 입을 연 것은 다음 피해자인 네코마 선배, 카에루 짱.
이 두 사람이 챠미 짱에게 당했다면…… 마시롱의 추리가 모두 옳았다는 건가? 굉장하네…….
"마시로 짱이 대활약한 일전이었네!"
"아니, 저 혼자서 한 건 아니에요, 시온 선배. 히카리 짱이랑 슈와 짱이 없었다면 졌을지도 몰라요."
"오오! 3기생인 챠미 짱을 같은 3기생인 히카리 짱이 독자적인 시점으로 눈치채고, 슈와 짱이 지식을 제공하고, 그걸 기반으로 마시로 짱이 추리했다—. 다시 말해서 이건, 3기생의 인연으로 승리했다고 해도 되지 않을까?! 다들 3기생에게 박수!"

시온 마마의 1회전 정리의 말과 함께, 다들 성대한 박수를 쳐 주었다. 에헤헤, 어쩐지 쑥스러운걸…….

박수도 그치고, 이제 곧 2회전이 시작되니까 기합을 다시 넣자. 그렇게 생각했을 때였다.

"저, 저기, 에에라이 쨩!"

평소에는 많은 사람 앞에서 움츠러들던 그 챠미 쨩이, 커다란 소리로 같이 마피아였던 에에라이 쨩의 이름을 불렀다.

"응? 왜 그러시는 거랍니다? 아, 결국 이기지 못해서 미안해요랍니다…… 더 냉정해졌다면 좀 더 싸울 수 있었을 텐데……."

"아, 아니, 그건 괜찮아! 오히려 말이야, 있잖아. 엄청 멋있었어!"

"그런가요? 그러면 다행인 거랍니다~."

"응, 그래서 말이야? 있잖아?"

"네?"

"다음에…… 같이 방송 안 할래?"

"어, 그건, 콜라보 초대라는 건가요랍니다?"

"그, 그래그래! 다음에 괜찮으면 우리 집에 안 올래? 저기, ASMR 같은 거 에에라이 쨩은 아직 한 적 없지? 분명히 시청자들도 기뻐할 거야. 여러모로 가르쳐 줄 테니까,

같이 안 해볼래?"

—이럴 수가.

그 챠미 쨩이…… 라이브온 굴지의 아싸라고 불리는 챠미 쨩이…… 스스로…… 이렇게 많은 사람들 앞에서 동기가 아닌 사람을…… 오프 콜라보에 초대하다니……!!

목소리가 떨리지만 분명히 말했다! 용기를 짜내서! 챠미 쨩이 스스로 인간관계의 구축에 한 걸음 나아갔어!

"무, 물론 하는 거랍니다~! 챠미 선배랑 콜라보, 저 굉장히 기대되는 거랍니다~!!"

"정말?! 하아아~ 다행이야~. ……그러면, 다음에 채팅 보낼게."

"라져인 거랍니다!"

흔쾌히 승낙하는 에에라이 쨩. 위험해. 어쩐지 눈시울이 뜨거워진다…….

다른 사람들 모두 마음에 와닿는 것이 있었는지, 이윽고 이 마피아 두 사람에게도 자연스럽게 박수를 보냈다.

따뜻해…… 라이브온은 참 따뜻하다고……!

이렇게 보기 드문 조합의 대화나, 새로운 콤비 탄생의 순간을 볼 수 있는 것도 대형 콜라보의 좋은 점이지!

: 어라? 나, 어째서 우는 거지……?

: 존귀해.

: 전라 대기!

: 888888

: ¥8,888

따스한 분위기도 한순간, 장면이 바뀌고 드디어 2회전을 맞이했다.

나는 1회전과 같은 플레이어로 진행. 마피아 쪽은 사람 수를 줄이면서도 순조롭게 처형되어, 마침내 나, 네코마 선배, 카에루 짱이 남은 마지막 회의 파트. 나머지 한 명의 마피아가 카에루 짱이라는 것을 특정할 수 있었다.

참고로 하레루 선배는 1회전 때의 해프닝이 있었으니까 개막부터 세 명을 따라가서 4인조 엄중 경호 포메이션이 형성된 줄 알았는데, 그 중 두 명이 마피아라서 더블 킬. 또다시 개막 탈락을 하게 되었다. 어째서…….

"냐냥! 드디어 마지막이야, 카에루 짱!"

"후훗. 이 카에루가 궁지에 몰리다니, 역시 마마와 네코마 선배군요. 허나, 승리를 확신하고 있는 참에 미안하지만— 아직 끝나지 않았어요."

"뭣이냥?! 무슨 뜻이야?!"

"후후훗, 제 뒤에는 일대조직이 붙어 있어요."

"일대조직이라고? 서, 설마 카에루 짱, 이 감금 마피아라는 어둠의 게임을 주최하는 조직과 연줄이—."

"P○A입니다."

"이 녀석! 전혀 게임이랑 상관없지만, 적으로 돌리면 찐으로 위험한 조직 이름을 댔어?! 라이브온의 반대말 같은 거잖아!"

"하하핫! 괜찮은가요, 네코마 선배? 미래가 창창한 아기를 처형하면 ○TA가 가만 안 있거든요, 응? 내 뒤는 PT○가 봐주거든? 응? 응?"

"이, 이 녀석?! 이런 비겁한 수를…… 큭! 자신의 입장을 이용해 권력에 매달리는 그 모습, 네코마는 선배로서 용서할 수 없어! 좋아, 잘 들어라! 그쪽이 P○A라면 이쪽은 GTO다!"

"GTO? GTO라면…… 설마?!"

"그래 맞아! 그레이트…… 어라? 그레이트…… T는 그러니까…… 어라, 뭐였지? 슈와 쨩, GTO의 T 뭔지 알아?"

"TINTIN입니다."

"그래그래! 그레이트 틴틴! ……어, 이어지는 O는 뭐지? 슈와 쨩, O도 알아?"

"OH~ TINTIN이죠."

"그거다! 잘 들어, 카에루 쨩! 이 네코마는 그레이트 TINTIN OH~TINTIN, 줄여서 GTO라고!"

"어…… 이 사람 무서워! 마마, 살려줘요!"

"전 세계의 GTO에게 엎드려 비세요. 네코마 선배도 다시 보게 됐어요."

"이런 부조리가 어디 있어? 일단 나중에 슈와 쨩은 웃으면 안 되는 라스트 스베리온[#12] 형을 내려주겠어."

"그건 뭔가요? 게임인가요?"

"카에루도 궁금해요."

"정말로 조금도 웃지 않고 마지막까지 갈 법한 게임이야."

""네?""

그리하여 카에루 쨩이 처형되고, 2회전도 플레이어의 승리가 되었다. 다음 3회전이 마지막 게임이다.

그리고 맞이한 3회전—.

【아사기리 하레루, 코코로네 아와유키— 마피아】

"이겼군."

개막 화면에 표시된 문자를 보고, 무심코 중얼거렸다.

: 날씨 팀이잖아!

: 이상기후 아니고?

: 이겼군(패배 선언)

#12 라스트 스베리온 니폰이치 소프트웨어가 만든 게임. 『라스트 리벨리온』의 별명. 일본에서 2010년 최악의 똥망겜으로 선정됐다. 시스템이 엉망일 뿐 아니라 연출도 이상하게 김이 빠지는 식이라 정말 웃기지도 않는다는 뜻의 일본어인 『스베루』와 합성된 별명이 붙었다.

: 분명히 해프닝이 일어나리란 건 알겠어.

: 드디어 하레룽이 마피아가 됐군……. 어떻게 될까?

"아아~. 하레루 선배가 아군이라니 너무 이지 게임이라 미안하게 됐네요~. 이번 판을 지면 나무 아래에 구멍을 파고 절 던진 뒤에 땅을 메워도 됩니다! 하하하!"

: 녹음했지롱.

: 입에서 무한히 플래그(깃발)을 토해내는 마술 같은 거 하나요?

: 구멍 판다는 소리를 듣고 굴삭기 가져왔드아~.

: 살의가 장난 아니잖아ㅋㅋ

: 메운다는 소리를 듣고 지금밖에 없다고 생각하여 태어나 처음으로 이력서를 사왔습니다.

: 타이밍은 이상하지만 아무튼 잘했어.

: 올해 마흔이고 애칭은 부모님 등골 써커입니다. 뭐, 제가 정말로 써킹하고 싶은 건 젊은 아가씨의 엉덩이지만요, 듀후후! ¥4,545

: 미안. 역시 타이밍은 완벽했네. 같이 파묻어주마.

: 성충이 된 등골 써커는 관두시길.

: 이게 완전 변태라는 건가요?

: 슈퍼챗 내용 실화냐고ㅋㅋ

: 부모의 등골로 4545하지 마.

: ㄹㅇㅋㅋ 빵 터졌음.

음~ 어떻게 할까. 하레루 선배가 동료가 된 이상, 노골적으로 저지르지만 않으면 어떻게 해도 괜찮을 것 같은데…….

그래, 일단 처음이니까 하레루 선배 뒤를 따라가면 되겠지! 선배가 어떻게 움직일지도 신경 쓰이고.

"정말이지, 1, 2회전은 무력한 플레이어였으니까 손쓸 도리도 없이 당해버린 것도 있지만, 천재의 이름을 가진 하레루 선배가 사냥하는 쪽이 되면 이제 마피아가 아니라 무쌍 게임이거든! 마피아 무쌍, 금일 발매라는 겁다! 그런 하레루 선배랑 태그로 진다면 파문은 다음에 우주로 쏘아 올려도 상관없습다!"

: 라○타냐고.

: 지평선을 더럽히지 마.

: 어딘가에 너를 숨기고 있으니까(흙 밑에)

: 드럽스!

: 바루○처럼 말하지 마.

: 하레루 선배가 시작하자마자 죽질 않았으니까 마피아라는 추리로 처형될 것 같은데.

: 안 죽었으니까 마피아라는 건 뭐냐ㅋㅋ

: 어째서 어조까지 잔챙이가 되가는 거야……?

하레루 선배 뒤를 따라가 도착한 곳은 섹터2. 그곳에는 우리들 마피아 말고 마시롱과 세이 님 둘이 있었다.

"어? 이건 해버릴까요? 더블 킬을 해버릴까요? 하레루 선배, 세이 님 옆에 있다는 건 저질러 버려도 되는 거죠! 그러면 마시롱이 다른 곳에 가기 전에 해치워 버립니다~!"

현재 하레루 선배는 미니게임에 열중하고 있는 세이 님 옆에 딱 붙어 있다. 아마도 미니게임을 하는 척하고 있는 거겠지. 주변에 사람은 없다. 더없는 찬스다.

"그러면 잘 먹겠습니다~! 으으으응마시롱의 몸을 범하는 거 기분 죽인드아아아아아아아!!!!"

이 기회를 놓치지 않고 일직선으로 마시롱에게 다가가 살해했다.

후우……(현자 타임). 그러면, 하레루 선배. 얼른 그 리얼충을 폭발시켜주십쇼.

…………어라?

"하레루 선배? 어째서 안 죽이는 건가요? 어, 잠깐, 얼른 안 죽이면 들키고 마는데요?!"

어째선지 하레루 선배는 내가 마시롱을 죽여도 도무지 세이 님을 킬할 낌새가 없었다. 아니, 그러긴커녕 움직일 낌새마저 없는데요, 이거?!

아니, 어째서?! 이대로는 저, 미니게임이 끝난 세이 님한테 신고당하고 말 거에요?! 미니게임을 하고 있는 척하면서 상태를 살피고 있었던 거 아냐?!

응……? 잠깐? 상태를 살핀다고? 서, 설마—.

"하레루 선배, 혹시 맵 열고 있나?!"

이 게임, 마피아는 방해나 플레이어의 위치 정보를 조사하기 위해 맵을 열 기회가 많다. 당연히 화면의 대부분이 열린 맵에 가려지면 안 보이게 된다.

다시 말해서 이 상황은, 하레루 선배는 미니게임을 하는 것처럼 꾸미면서 사실은 맵을 보고 있으며, 지금도 내가 마시롱을 죽인 걸 깨닫지 못한 거 아닐까?!

"우와, 위험해! 위험하다고! 세이 님도 이제 미니게임을 끝낼 거야! 이렇게 되면 도망칠까?! 아니 그래도, 그러면 하레루 선배가 의심을 받잖아! 어떡하면 되지?!"

예상도 못한 전개라 혼란에 빠져 우왕좌왕해버렸다.

그런 걸 하는 사이에 세이 님의 미니게임이 끝나고…… 마무리를 짓는 것처럼 다른 섹터에서 히카리 쨩이 찾아왔다.

"끝났다."

내가 감정이 사라진 목소리로 중얼거린 것과 동시에, 신고로 화면이 회의 파트로 전환됐다.

【이로도리 마시로 사망】

지, 진정해라! 그 하레루 선배라고. 분명히 뭔가 책략이 있을 거야. 분명히 일부러 이런 거야. 이것도 승리로 이어지는 순서 중 하나일 거야.

그죠? 그런 거죠? 하레루 선배?!

"______."

끝났다.

지금 모두의 목소리에 뒤섞여, 하레루 선배의 언어화되지 않은 목소리가 들렸다. 나 말고 깨달은 사람이 없을 것 같지만, 지푸라기에 매달리는 심정이었던 나에게는 분명히 들렸다.

"어이, 거기 스○○로랑 인간의 믹스."

"와 그라는데."

"자네, 그런 어조였던가?"

세이 님과 대화를 나누자 웃음이 터진다. 히카리 쨩의 증언으로 완전히 마피아 확정 무드다. 긴박감조차 없으니까 슬퍼지잖아…….

어떡하지…… 일단 부정해볼까.

"아닌 겁니다요, 넵. 저는 마피아 같은 게 아닌 겁니다요, 넵."

"아와유키 공이 그렇게 말한다면 믿는 것입니다."

"히카리도 믿어! 믿는 건 바보가 아냐! 믿는 건 강함이야!"

미안, 설마 믿어주는 사람이 있을 줄은 몰라서 깜짝 놀랐다. 아리스 쨩은 착한 애구나. 다음에 팬티라도 하나 주자. 하지만 히카리 쨩은 목격자니까 믿으면 안 된다고 생각하거든…….

하지만 당연하게도 처형당하는 흐름은 변하지 않았다……

좋아, 그러면 마지막 저항이다.

"크! 스○○로 올스타 맛의 파괴력이 너무 굉장한 탓에 버튼을 잘못 눌러버렸다…… 마피아 게임에서 뽕가는 건 실수였나……."

언뜻 패배를 인정하는 것 같은 발언이다. 그러나 이것의 진짜 목적은 더블 킬 노린 것을 의심받지 않도록 하기 위한 것이다. 발버둥일지도 모르지만 이걸로 조금이라도 하레루 선배가 의심받는 걸 피해야 해!

"나도 슈왓치 옆에 시체가 있는 걸 봤으니까 이건 어쩔 수 없네. 이번에 슈와 쨩을 처형하고, 나랑 세이세이는 무죄 확정이면 되지 않을까? 앗, 그리고 히카리도 민간인일 가능성이 높네."

앗, 드디어 하레루 선배가 내쳤어…….

아니, 괜찮아요. 하레루 선배. 실제로 내가 섹터2에서 합류한 뒤 신고를 할 때까지 시간은 10초도 없었다. 눈치 못 채도 신기할 것 없고, 정지 상태에서 맵을 보고 있던 걸 짐작 못한 나한테도 잘못이 있어.

"그러면 슈와 쨩, 아기처럼 기어오렴."

"시온 마마, 그럴 땐 바닥에 정좌 아닌가요?"

"아기처럼 기어오렴."

"네에, 알겠습니다…… 기어갈게요."

자, 심판의 때다.

“그러면 슈와 쨩, 마지막으로 할 말은 있니?”

이건 다시 말해서…… 유언인가.

나는 숨을 한 번 내쉬고, 그리고 후련한 소리로 말했다.

“어?! 이런 상태에서도 들 수 있는 보험이 있는 건가요?!”

【코코로네 아와유키 사망】

대답은 화면이 가르쳐 주었다. 나는 여기서 퇴장이다.

그건 그렇고 하레루 선배, 어쩐지 오늘 컨디션 별로 아냐? 전혀 활약하는 장면을 못 본 것 같은데…….

“앗.”

그때 나는 깨달았다. 지금까지 하레루 선배의 개막 직후 퇴장이나 방금 그 장면. 그 모든 것이 불운을 계기로 일어났다고 할 수 있다.

불운— 다시 말해서 허접운. 그리고 하레루 선배의 대명사 중 하나로 게임 따위에서 경이적인 허접운이 있다.

가챠에서 노린 캐릭터는 천장을 치기 전에 나오면 기적인 수준이다. 「이건 뭐 뽑기가 아니라 천장 칠 가격으로 사면 되는 거 아냐?」라는 말을 들을 정도로 심각한 허접운은 수많은 폭소를 낳았다.

그리고 지금 이 상황…… 그 허접운이 감금 마피아라는 무대에서도 발동해 버린 게 아닐까?!

“무슨 이런 허접운이! 압도적인 허접운! 하레루 선배를 괴롭혀서 신은 뭘 하고 싶은 거란 말인가아아아아아—!!!!”

안타까운 마음을 토해내도 아무것도 변하지 않는다. 마피아는 혼자에 플레이어가 여덟. 너무나도 절망적인 상황이다.

이제 무리인가? 그렇게 말하고 싶은 것을 꾹 참고, 마피아는 죽은 다음에도 방해할 수 있으니까 그걸로 하레루 선배의 지원을 해야겠다고 마음먹었다.

그러나— 그런 한심한 나와 대조적으로, 거기서부터 펼쳐진 전개는 압권이었다.

“이건—.”

교묘한 조작으로 대담하면서도 섬세하게 차례차례 플레이어를 살해하는 하레루 선배.

물론 완전히 살해한 흔적을 지울 수는 없다. 당연히 범인 후보로 이름이 올라가게 된다.

그러나 그럴 때마다『처음에 나랑 같이 더블 킬을 안 한 것』이 무죄의 근거로 쓰였다.

마피아가 한 명이 되는 걸로 살해 스피드가 늦어진 것은, 교묘한 화술을 사용해 팍팍 플레이어를 처형하는 걸로 해소한다. 꼼꼼하게도 에에라이 쨩, 시온 마마, 히카리 쨩처럼 경계해야 할 인물이나 상황을 정돈하는 게 능숙한 라이버부터 살해하는 철저함까지 보여준다.

그리고 최종적으로—.

【마피아 승리】

화면에는 분명히 그 문자가 표시됐다.

"미안, 슈왓치이이이이이이이!!"

주위에서 놀라움보다도 감탄의 소리가 흐르는 가운데, 승자가 된 하레루 선배의 첫 마디는 나에 대한 사과였다.

"아니, 그건 어쩔 수 없는 거였으니까 전혀 괜찮은데요…… 정말로 이겨버리다니……. 설마 더블 킬을 안 한 것도 일부러였나요?"

"아니야! 아무리 나라도 마피아가 줄어들면 곤란하고, 나중에 다시 보면 죄책감으로 반쯤 우는 나를 볼 수 있거든!"

"그, 그렇군요!"

"정말이야! 1회전도 2회전도 시작하자마자 퇴장했는데 마지막까지 무쓸모가 아니라서 다행이야아아아아아아—!!!!"

하레루 선배의 혼이 담긴 외침에 모두 함께 크게 웃으면서도 박수를 보내고, 이걸로 라이브온 올스타 콜라보가 종료됐다.

마지막에는 자신의 허접운마저도 실력으로 꺾어버리는 하레루 선배였다.

막간 코코로네 아와유키의 카스텔라 답변

"여러분 안녕하세요. 오늘 밤도 예쁜 담설이 내리네요. 라이브온 3기생 코코로네 아와유키입니다. 그러면 예정대로, 카스텔라 답변을 하도록 하겠습니다!"

라이브온 일동이 모여 대성황이었던 감금 마피아에서 하룻밤이 지났다.

오늘은 익숙한 카스텔라 답변이다. 아무래도 규칙상 마피아 게임 방송에선 시청자와 교류가 적었으니까, 이쯤에서 언제나 지탱해주는 시청자들하고 교류를 해야지.

"우후후, 오늘은 취하지 않은 청초 모드니까요! 쓸쓸해하는 시청자 여러분과 카스텔라 답변을 하며 꽁냥꽁냥 해볼까요! 그렇게 됐으니(푸슉!) 꿀꺽꿀꺽꿀꺽, 푸하아아아아아! 자, 청초 모드 끝났습니다~! 아와 짱이라고 생각했어? 응? 응? 아와 짱이라고 생각했어? 유감, 슈와 짱이었습니다~!"

: 돌아갈래요.

: 나도.

: 쉣.

: 섹.

: 나를 화나게 만들지 않는 게 좋아.

: 아니, 방금 전 채팅은 실수에요! 저도 쉣이라고 치려고

했을 뿐이지 했을 뿐이지 저 단어만 치려던 게 아니에요.

: ↑ ㅋㅋㅋ

: 저 단어(다들 아시죠?)

: 모르거든.

: 자야지.

"저기, 갑자기 동시 시청자 수가 쭉 떨어지는 건 어째서 일까……? 저, 슬퍼서 스○○로의 눈물을 흘릴 것 같은데요……?"

: ㅋㅋㅋ

: 스○○로의 눈물이 뭐야?

: 캔에 맺힌 물방울 아냐?

: 다녀왔어.

: 농담이야~.

"아, 다들 점점 돌아온다! 정말! 어째서 이럴 때만 협동심을 발휘하는 걸까, 당신들은!"

: 후히히ㅋㅋㅋ 지송ㅋㅋㅋ

: 슈와 쨩도 전에 말한 것처럼 좋아하는 애는 괴롭히고 싶어지니까.

: 맞아맞아.

"응, 뭐, 뭐어? 그런 거라면 뭐 좋지만? 헤헤헤, 이제 첫 카스텔라 간다!"

@유두가 안 떨어져요.@

"원래 안 떨어지는 거거든, 이 망할 자식아아아아—!!!!"

: ?!?!

: 깜짝 놀라게 하는 건 반칙ㅋㅋㅋ

: 처음부터 터무니없는 쓰레기가 오다니ㅋㅋ

: 카스텔라 쓰레기, 줄여서 카스레기. 마지막 한 조각의 품위마저 버린 느낌이 마음에 들어.

: 이것도 좋아하는 애를 괴롭히는 행동의 일환인가요?

: 그렇습니다.

: 진짜냐…… 아리스 쨩의 팬 그만둡니다.

〈소우마 아리스〉: 어째서 저인 겁니까?!

: ㅋㅋㅋ

: 아리스 쨩도 잘 보고 있군.

"정말. 이런 카스텔라는 뭘 생각하면서 보내는 거야? 활동 초기엔 고작해야 1할 정도였는데, 방송 끄는 거 깜빡한 뒤론 절반 정도가 카스레기야! 너희들이 카스텔라에 이상한 것만 보내니까, 이쪽은 수신함을 열 때마다 카스텔라로 러시안 룰렛이라도 하는 기분이거든!"

: 러시안 룰렛식 카스텔라(이중적 의미로).

: 이쪽도 우물에서 퍼 올린 맑은 물이 갑자기 스○○로가 됐으니까 피장파장이거든. ¥5,000

: 비유 배틀이 시작되었어.

: 그치만, 유두가 안 떨어지니까 어쩔 수 없잖아!!!!

: 봐, 슈와 쨩. 보낸 사람으로 추정되는 녀석이 화내고 있어.

"화내고 싶은 건 이쪽이다 바아아아아보야—!!"

@호시노 마나 쨩과 콜라보는 아직인가요?@

"이거 말이야…… 언뜻 평범한 카스텔라처럼 보이지만, 분명히 방금 전 카스텔라랑 같은 의도가 있지. 가능할 리가 없잖아……."

: 마나 쨩?!

: 설마 호시노 마나의 이름을 여기서 듣게 되다니.

: ㄹㅇㅋㅋ 적어도 순수한 흥미로 한 질문은 아닌 것 같다.

어째서 내가 이 카스텔라에 이렇게 미묘한 반응이냐고? 그건 카스텔라 안에 이름이 나온 「호시노 마나」라는 인물을 보면 알지.

마나 쨩은 나랑 같은 VTuber다. 그러나, 그것 말고는 완전히 다르다고 할 수 있다.

마나 쨩을 한 마디로 표현하자면, 업계의 레전드다. VTuber를 조금이라도 파봤다면, 그 이름을 모르는 자가 없을 거야.

라이브온에서 하레루 선배가 데뷔하기보다도 훨씬 전—라이브온 여명기는커녕 사무소라는 개념조차 없는, VTuber 업계 자체의 여명기에 그녀는 태어났다.

그녀의 공적이라면, 당시 아직 VTuber로 활동하는 사람마저 헤아릴 정도밖에 없는 가운데, 소속되어 있는 기업의 서포트를 받는 유니크한 기획의 동영상을 열정적으로 만들어내고, 이 업계를 리드하며 팬층을 형성했다는 것이다.

이윽고 버튜버라 했을 때 맨 먼저 이름이 떠오르는 한 사람이 된 마나 쨩은, 같은 시기에 마찬가지로 돌출된 인기를 획득한 V 세 명과 함께 VTuber 사천왕이라 불리게 되면서 별처럼 빛나는 존재가 된다.

그리고 더욱 굉장한 것은, 현재까지도 완전 현역이란 점이다.

마나 쨩은 언제나 최전선을 달려왔다. 우리들처럼 사무소에서 활동하는 라이버가 대두함에 따라 현재는 당시만큼의 유니크함은 줄어들었을지도 모르지만, 마나 쨩을 레전드로 인정하지 않는 업계인은 없을 만큼 신격화되어 있다고 할 수도 있다.

라이브온으로 VTuber에 빠지게 된 나도, 그 존재에는 그저 끌릴 따름이다. 내가 받은 카스텔라처럼 콜라보를 하거나 만날 수 있다면 좋겠다고 생각하는 부분도 당연히 있지만…….

"그쪽은 V업계의 레전드. 저는 깜빡 업계의 레전드니까요……."

: 아아…….

: 자학이냐ㅋㅋㅋ

: 너도 대인기 라이버잖아!

: 인기는 인기라도 마나 쨩은 아이돌이니까, 어렵겠지.

맞다. 채팅에도 있는 것처럼 마나 쨩의 활동은 상당히

아이돌스러우며, 그리고 마나 쨩 본인에게서도 팍팍 느껴질 정도로 프로 의식이 높다. 그건 카오스와 갭을 맛으로 삼는 라이브온하고는 너무나도 정반대에 있다.

콜라보를 할 수 있다면 그것만으로도 너무나 영광인 존재인데, 그런 벽까지 있게 되다 보니…….

"뭐, 내가 콜라보를 하는 건 불가능하겠지. 하레루 선배라면 찬스가 있는 느낌일까?"

역시 이런 대답을 하게 된다. 솔직히 너무나 천상의 존재라서 아쉽다는 생각조차 안 들어. 어쩔 수 없다고. 스○○로랑 같이 꿀꺽꿀꺽 넘겨 버리자~!

@화장수는 뭘 쓰나요?@

"그래! 그래그래그래! 이런 카스텔라를 기다렸다니까!"

: 갑자기 텐션이 오르는 거 웃김.

: 카스텔라가 제대로 된 내용이라 당황했다.

: 화장수 같은 걸 써?

"당연히 쓰지! 여자애거든! 잠깐 가져올까, 영차."

: 스○○로겠지. 알고 있어.

: 오, 오늘 두 캔째인가?

: 만약 아와 쨩한테 물을 사오라고 부탁하면 자연스럽게 스○○로 사올 것 같아.

"다녀왔지롱~, 어디보자. IP*A라는 걸 쓰고 있어. 뭔가 말랑한 용기에 들어 있는 거. 꽤 유명할 텐데."

: 그거냐!

: 다행이군. 제대로 된 거였어.

: 조사해 봐야지.

"이 카스텔라 보낸 사람은 여자애일까? 내 시청자층은 남자애가 상당히 많으니까 기쁜걸. 아~ 하지만 그건가. 요즘은 남자가 화장수를 쓰는 것도 평범해지고 있으니까 알 수가 없구나."

: 뭔 소리야? 마셔야지.

: 마시는 것 말고는 있을 수 없어.

: 분명히 마시려고 물어본 거야.

"어? 마, 마셔? 화장수를?!"

〈소우마 아리스〉: 다섯 병 샀습니다. ¥4,400

: 거 봐. 벌써 마시는 건 당연하고 여러 가지 용도로 쓰려고 여러 개 사는 사람 나왔잖아.

: 정보료 내는 거냐ㅋㅋㅋ

"에에엑…… 진짜냐……. 그거, 괜찮아?"

: 기겁하는 거 봐.

: 구루샴[#13]이라는 것도 있을 정도니까.

: 슈와 쨩도 마시롱이 쓴 화장수라면 마시고 싶잖아!

"좋아! 다음에 마시롱이 화장수 뭐 쓰는지 물어봐야지!

#13 구루샴 구루메 샴푸의 약자. 구루메와 샴푸의 합성어. 2012년 인터넷 게시판에 올라온 한 게시물에서 유래됐다. 해당 글 작성자는 자기가 먹어본 샴푸 중에서 맛있는 것 베스트3란 글을 올렸는데, 댓글로 사람들이 물어보는 다른 샴푸의 맛에도 막힘없이 대답했다.

위험한걸, 흥분되잖아!"

: 에에엑…….

: 세계 평화

@이제 곧 한여름인데, 외출 예정 있나요?@

"후후후~! 자~ 그러면 여기서 홍보 타임! 무려 내일, 히카리 쨩이랑 오프에서 데이트를 하는 게 결정되어 있드아~!"

: 뭐이?!

: ¥21,111

: 슈와 쨩이랑 데이트…… 히카리 쨩에게 정조대 장착을 의무화해야 돼.

: 설마 오프에서 만나버리는 건가요?!

: 히카리 쨩과 데이트…… 아프리카에 라이온을 쓰러뜨리러 가는 건가?

"옷을 사러 가는 것뿐이니까 라이온이랑 격투할 예정은 없습니다! 그리고 이번에는 스ㅇㅇ로는 집에 두고 오니까 정조대도 필요 없어요! 알겠지? 그런 거 입히면 운 좋게 그렇고 그런 일조차 안 일어나니까 절대 필요 없어!"

: 그렇군, 부티크의 지하 투기장에서 라이온이랑 싸우는 거구나.

: 라이온에서 한 번 벗어나자.

: 그렇군. 그러면 브라이언이랑 싸우는 거구나.

: 브라이언은 누군데.

: 역시 정조대 필수인 거 아냐?

: 으음~. 하지만 슈와 쨩은 금속이라도 타액으로 녹여 버리니까 의미가 있을지…….

: 에일리언이냐?

: 에일리언 VS 프○데터 VS 슈와 쨩 VS 또다시 아무것도 모르는 오오이○미 요우[#14] 씨.

: 스○○로가 집에서 …… 그러면 슈와 쨩이 외출하면 스○○로의 산책인 건가?

: 스 ○ ○ 로 의 산 책!!

"아니 그게, 히카리 쨩이랑 채팅으로 잡담을 하던 중에 내가 『여름옷이 없네~』라고 했더니 『좋아, 그럼 가자!』 같은 느낌이었어. 인싸는 풋워크가 가볍네……."

: 히카리 쨩은 방송이 아닐 때도 그런 느낌인 건가.

: 하지만 같은 인싸라도 샤미쨔마는 풋워크가 에어즈록이라고?

: 그건 알맹이가 아싸, 외모는 인싸를 깃들인 특이개체니깐.

: 인앤아웃이냐?

: ㄹㅇㅋㅋ 패스트푸드냐고.

: 슈와 쨩, 옷 없어?

"가진 옷이 최소한이거든……. 생각보다 방콕 기질이니

#14 또다시 아무것도 모르는 오오이○미 요우 일본의 배우. 1997년 일본의 TV 프로그램인 「수요방랑객」에 출연 당시, 벌써 세 번째 몰카인데도 전혀 눈치를 못 챈 배우를 비추며 화면에 떴던 자막.

까 사도 입을 기회가 없어서…… 그리고 돈도 없었고…….
하지만 올해의 나는 달라! 일본의 사계절을 만끽할 거다!"

이다음에는 카스텔라 답변을 하거나 히카리 쨩과의 데이트 플랜을 모두와 상담하거나 하면서, 동정감이 가득한 망상극을 향한 엄격한 태클을 받으며 온화하게 방송을 마무리하는 방향으로 흘러갔다.

히카리 쨩이랑 데이트, 기대되는걸!

제2장

히카리 쨩과 데이트

카스텔라 답변 때 고지한 것처럼, 나는 히카리 쨩과 데이트를 하러 나갔다.

오늘은 데이트하고 돌아온 다음 날이다. 근육통이 남은 다리가 속삭이는 네 글자, 운동 부족으로부터 애써 눈길을 돌리면서, 오늘도 방송 시작이다. 무슨 일이 있었는지 회상하면서 시청자들에게 설명하는, 리포트 방송이다.

……다음에 롱 피트를 본격적으로 해야지.

"여러분, 안녕하세요? 오늘도 예쁜 담설이 내리네요. 아주 청초한 코코로네 아와유키입니다. 그리고?"

"콘피카~!! 축제의 빛은 인간 호이호이, 마츠리야 히카리입니두아아아아아!!"

"어쩐지 히카리 쨩이 평소보다 텐션이 더 높은걸요? 저는 녹아버릴 것 같아요. 미안해요, 거짓말입니다. 날아다니는 타입의 파티 피플이 온 건가 싶어서 몸의 중심이 얼어붙었어요."

"오늘은 조금 볼링을 하고 왔거든! 몸이 후끈해!"

"정말로 파티 피플인가봐요. 역시 히카리 쨩."

"파티 피플 아냐! 혼자서 다녀왔는걸!"

"어, 혼자서? 어제 저랑 그렇게 많이 걸었는데? 어째서?"

"요즘 야구계가 떠들썩하니까 프로 야구 선수계 VTuber가 될까 해서!"

"그걸 위해서 볼링…… 어째서죠?"

"어째서라고 생각해~?"

어디 보자. 오늘도 변함없는 라이브온이네요~.

언뜻 어디로 날아갈지 몰라 걱정이 되는 대화지만, 히카리 짱과 오래 알고 지낸 데다가 어제 그만큼 휘둘린 나다. 이쯤에서 히카리 짱 식으로 말하자면, 우정 파워나 인연의 힘이라는 걸 보여줄까!

나랑 히카리 짱 사이에 알 수 없는 것 따위 존재하지 않아!

야구와 볼링…… 그렇군, 그렇군. 정리가 됐습니다.

"그건 다시 말해서—."

"아닙니다!"

"히카리 짱, 저는 지금 마음속으로 당신과의 우정을 시험하려고 했어요. 그걸 대답조차 못 한 채로 부정당한 제 입장이 되어 봐요."

"미안, 내가 설명하고 싶은 욕심이 생겨서 중간에 막아버렸어……."

"정말~. 다음에는 참아주세요?"

"네~에!"

"갑니다? 그건 다시 말해서, 던지는 손을 단련하려는 거군요!"

"아닙니다! 하지만 조금 아까워!"

응, 안 되겠다. 아무리 우정이 있어도 모르는 건 모르는 거야. 왜냐면 라이브온은 다들 근본적인 상식이 다르니까. 오히려 아까운 지점까지 간 것을 칭찬해 주면 좋겠다.

정말로, 라이브온의 모두와 대화가 통하는 사람은 다개국어 구사자라고 해도 된다고 생각해. 엄청 글로벌한 환경이거든, 라이브온.

"그러면 정답은 뭔가요?"

"야구는 공을 던지는 경기잖아! 다시 말해서 볼링공을 던지면 최강! 크기=강함! 그걸 위해 연습을 한 거야!"

"히카리 쨩, 야구에 쓰는 공은 정해져 있어요. 도○벤[#15] 조차 볼은 제대로 지켰다고요."

"세상에는 투타겸업으로 불가능을 가능케 하는 남자[#16]도 있잖아! 볼링공을 던지는 것 정도는 문제없어!"

"안 돼요."

"안 돼?"

"안 돼."

#15 도○벤 미즈시마 신지의 야구 만화, 「도카벤」. 주인공인 야마다 타로의 별명이기도 하다.

#16 투타겸업으로 불가능을 가능케 하는 남자 일본의 프로 야구 선수, 오오타니 쇼헤이. 선발 투수 겸 지명타자 포지션이라는 전례를 찾아보기 어려운 역할을 훌륭하게 해내며 팀의 승리를 여럿 이끌어 전 세계적으로 큰 인기를 끌고 있다.

"그렇구나! 그럼 어쩔 수 없지! 볼링은 운동 부족 해소를 위해서기도 했으니까 괜찮아!"

"이해해 줘서 다행이에요. 참고로 무거운 볼링공을 야구처럼 던진 건 아니겠죠? 그러면 바닥이 상해 버려요."

"그건 매너 위반이니까 안 해! 히카리는 정의에 살아가는 애니까 매너는 지키는걸!"

"그러면 평범하게 야구공을 사용해 주세요."

"야구공을 시속 200킬로미터로 던져 버릴 거야!"

"목표가 너무 높아요. 하다못해 100에서부터 점점 높이지 않겠어요?"

: 콘피카~!

: 유키마츠리 콤비!

: 개막부터 히카리 쨩이 히카리하고 있군.

: 테니스의 왕○님이라면 볼링공 써도 용납해 줄 것 같아.

: 바다 위에서 해적과 싸우는 거랑 비교하면 볼링공 따위는 페어 플레이지.

: (공이) 너무 크다고…….

: 포수와 심판이 핀처럼 쓰러지는 게 보였다.

: 심판 「스트라이크!(자포자기)」

: 심판이 볼을 거터라고 할 것 같음.

: 배터 아웃이 아니라 피처 아웃ㅋㅋ

: 점착 물질이 규제를 받아서 시합 중에 한 발 못 뽑게 됐

다ㅠㅠ

: 아랫도리에서 점착 물질을 만들어 내는 건 그만두세요.

: 여러 가지 의미로 데드볼.

정말, 히카리 쨩은 여전히 열정적으로 사는구나. 저돌맹진이란 말이 어울리는 삶의 방식이다.

이만큼 순수하고 솔직한 아이로 자란 게 기적이라니까. 라이브온 안에서는 섹드립도 하지 않으니까, 사실은 치유계일지도 몰라. 이견은 산더미처럼 받아주마.

"그럼, 전에도 공지한 것처럼 히카리 쨩과 하루 놀러 갔다 왔으니, 오늘은 그걸 회상하는 게 메인이 됩니다. 오늘도 잘 부탁드려요, 히카리 쨩."

"이쪽이야말로 잘 부탁해!"

어느 것부터 말하면 좋을지 모르겠을 정도로 여러 가지 일이 있었으니까, 일단 어디서부터 말해야 할까.

"뭐, 세세하게 알고 싶은 시청자도 많겠죠. 만남부터 느긋하게 돌아보기로 해요."

"히카리는 느긋하게 살아갈 시간 같은 거 없지만!"

"알았어요. 그러면 오늘 방송은 여기까지네요. 또 담설이 내릴 때—."

"아~아~ 미안해, 미안해! 사과할 테니까 어서 되돌아보자!"

챠미 쨩과 유원지에 갔을 때도 그랬었는데, 현장에서는

서로의 본명을 불렀지만 이건 방송이니까 라이버 이름을 부르게 됐다.

당일, 패션에 대해 잘 모르는 나를 위해 여러 가게를 안내해 준다고 해주었다. 역 앞에서 만나기로 했는데, 집합 장소에 나보다 먼저 히카리 쨩의 모습이 있었다.

여전히 화사한 인싸의 이미지 그대로인 용모를 멀리서도 확실하게 확인할 수 있다.

꽤 빨리 왔네. 나도 약속 시간 10분 전에 도착했는데…… 기다리게 해버렸나?

조금 걷는 속도를 높였다.

"어, 눈치채는 거 빨라?!"

아직 나랑 그녀 사이엔 상당히 거리가 있었는데, 히카리 쨩이 배경과 동화되어 버릴 만큼 수수한 차림을 한 나를 순식간에 발견하고 그대로 커다랗게 손을 흔들며 전력 대시를 하며 다가왔다.

……조금 눈에 띄어서 창피해. 이게 인싸와 아싸의 차이인 걸까? 샤미 쨩 정도는 아니지만 나는 일반적으로 아싸에 분류된다. 이제부터 시작되는 데이트를 무사히 보낼 수 있을까…….

"얏호~ 아와유키 쨩! 기다렸어?"

"안녕하세요. 히카리 쨩, 그 거리에서 용케 눈치챘네요."

"눈이 좋으니까! 그리고 소중한 동료의 얼굴은 확실하게 기억하고 있어!"

"역시 대단해요. 게다가 도착도 빨랐던 것 같아요…… 혹시 꽤 오래 기다린 건가요?"

"1시간 정도밖에 안 기다렸어!"

"응. 이건 제가 잘못한 건 아마 아닐 거에요. 분명 히카리 쨩이 오는 게 너무 일렀어요!"

"기대돼서 집에 있을 수가 없어! 업무 연락 같은 것도 했으니까 심심하진 않았어! 그리고 지각하면 안 되잖아! 약속한 걸 절대 배신하지 않는다, 그게 히카리야!"

성실하긴 하지만 어쩐지 어긋나 있는 히카리 쨩에게 만나자마자 놀라 버렸다.

게임을 파고드는 것만 봐도 알 수 있지만 그녀는 무슨 일이든 지나치게 하고 마는 성격이니까…… 다음부터는 부르는 방식도 연구해서 어떻게든 대책을 짜야지.

……친구를 상대로 대책을 짜는 일이 보통 있나? 뭐, 됐어. 너무 신경 쓰지 말아야지.

"아마 소풍 전날 같은 때 잠을 못 자는 타입이죠, 히카리 쨩? 어제는 괜찮았어요?"

"두 시간 푹 잤으니까, 만반의 상태야!"

"아니, 짧아?! 엄청 수면 부족 아닌가요?!"

"으응~ 그렇지도 않은걸? 옛날부터 히카리, 두 시간만 자면 충분했어. 쇼트 슬리퍼라는 걸 거야!"

"어, 평소에도 그런 건가요? 그건 굉장하네요……."

입으로는 그렇게 말하지만, 솔직히 말해 조금 걱정된다. 몸에 피로가 쌓이지는 않을까?

하지만 어느 정도의 특이체질이 아니면 그 고행으로만 보이는 제약 플레이를 클리어할 수 없는 것 아닐까? 엔터테이너적인 시점에서 보면 이것도 재능이라고 할 수 있을지 몰라.

눈앞의 히카리 쨩을 봐도 활기가 넘치는 느낌이니까, 하레루 선배처럼 이해의 영역을 가뿐히 넘어선 일종의 천재형이라고 보는 게 정답인 걸까?

너무 걱정해서 끈질기다고 생각되는 것도 좀 그러니까, 이 일은 그런 거라고 생각하자.

"아와유키 쨩이랑 거리를 걷는 건 처음이네~!"

"그, 그렇네요."

합류 장소에 서서 이야기를 계속하기도 그러니까, 둘이서 거리를 걷기 시작했는데—.

가까워! 얘 거리감이 너무 가까워!!

당연하게 팔짱을 끼기 때문에 언제나 몸이 찰싹 달라붙어 있고, 내가 키가 크니까 대화할 때마다 대각선 아래의 초근거리에서 히카리 쨩의 얼굴이 들여다본다.

아아아, 지금까지의 인생에서 한 번도 인연이 없었던 생기발랄 인싸 소녀의 얼굴이 이렇게 가까운 거리에…… 첫 경험에 뇌가 혼란을 일으키고 있어…….

게다가 히카리 쨩의 복장은 초여름답게 노출도가 높은 오프숄더 패션이니까 건강한 피부가 요망하게 보여서…….

안 돼. 너무 의식하면 완전 열중해서 열이 올라 열사병에 걸릴 것 같아.

"응~? 아와유키 쨩, 왜 그래? 아까부터 몸이 굳어 있는데?"

"아뇨. 아하하, 저희들 마치 연인 사이 같구나~ 싶어서요. 저는 괜찮아요. 너무 덥지는 않은가요?"

"괜찮아! 오늘은 히카리가 확실하게 아와유키 쨩의 쇼핑 미션을 컴플리트할 거니까! 어떤 외적이 나타나든 지켜줄 테니까 안심해!"

이건 에스코트 겸 보디가드가 되어 주려는 결과인 건가?

이렇게 딱 붙어 있으면 반대로 지키기 어려울 것 같은데…… 아니, 그보다도.

"이 나라에서 일반인에게 보디가드가 필요할 기회는 별로 없을 것 같은데요."

"그렇지 않아! 인간으로 둔갑한 신종 생명체가 급습을 할지도 모르고, 지하에 둥지를 튼 인간보다 훨씬 거대한 곤충이 날뛸지도 모르고, 하늘에서 외계인이 침략을 해올지도 모르잖아!"

"그런 일은 안 일어날 것 같은데……."

"방심은 금물! 세상에는 위험이 잔뜩 있어! 하지만 걱정 마. 오늘은 히카리가 있으니까 아와유키 쨩의 몸에 지문 하나 남지 않는 깔끔한 몸으로 집에 돌려보내줄게!"

"고, 고맙습니다……."

지문이라면 이미 히카리 쨩이 잔뜩 남겼을 것 같기도 하지만, 신경 쓰면 지는 거야.

그런 대화를 하는 사이에도 내 몸을 쭉쭉 당기고, 여자애들끼리 팔짱을 끼고 있는 게 신경 쓰였을 주변의 시선에도 끄떡하지 않고서 에스코트해주는 히카리 쨩.

어라…… 혹시 이 상황은 수수한 여자애가 프렌들리한 인싸 여자애랑 콩닥거리면서 데이트한다는, 존귀함 SSR의 시추에이션 아냐……?

"오늘은 어떤 옷을 살지 정했어?"

"아뇨. 딱히 정한 건 없어요. 기본적으로 제 패션 센스를 믿지 않아서……."

"그렇구나! 외부의 의견을 받아들이는 넓은 마음을 가진 거구나! 멋있어!"

"그렇게 거창한 건 아니에요."

이 기적적인 시추에이션을 너무 의식하면 대화마저 제대로 못하게 될 것 같아서, 대책 삼아 나는 반대로 시들해지는 걸 생각해서 어떻게든 자연스러움을 꾸미기로 했다.

진정해라, 아와유키. 분명히 히카리 짱의 존재는 존귀함의 덩어리지만, 짝이 되어 있는 너는 어떻지? 스ㅇㅇ로가 들어가지 않은 너는 걸어 다니는 빈 깡통이거든? 방송 중이라면 모를까 밖에서는 완전히 잡몹이야, 우쭐대지 마!

후우, 역시 나는 이런 장면을 바라보는 쪽이면 된다니까. 내가 당사자라고 생각하니 급격하게 머릿속이 말끔해졌다.

"그러면 평소에는 옷 어디서 사? 지금 입고 있는 건?"

"오늘 입은 건 어디서 샀는지도 까먹어 버렸어요. 기본적으로 유니시로, CU, 야마무라 같은 곳에서 싸고 무지에 가까운 걸 적당히 골라서 사요."

"쓸데없는 걸 철저하게 깎아낸 일종의 경지에 도달해 있는 거구나! 최고로 쿨해!!"

"아니, 경지고 나발이고 첫걸음도 떼지 못한 것뿐이니까요……."

전 긍정 히카리 짱의 상냥함과 관대함에 눈물이 날 것 같아.

이날 내 복장은 괜히 눈에 띄지 않도록 수수한 하얀 T셔츠에 아래는 검은색의 와이드 팬츠, 그것뿐. 기능성은 빼어나다.

만약 이 조합을 보고 유ㅇ왕[#17]의 라이트 ㅇ드 다크니스

#17 유ㅇ왕 카드 게임, 「유☆희☆왕」에 등장하는 카드를 패러디. 전자는 몸통의 반은 흰색, 반은 검은색인 「라이트 앤드 다크니스 드래곤」. 후자는 5장으로 나뉘어져 하나하나는 사용하기 어려우나, 5장을 패에 다 모을 경우 게임에서 승리하는 「봉인된 엑조디아」.

드래곤 같다고 하는 녀석이 있으면, 그 녀석의 몸을 100개의 파츠로 분해해서 평생 해방되는 일이 없는 엑ㅇ디아로 만들 테니까 각오해라.

드로우! 봉인된 자의 왼손 새끼 손가락! 드로우! 봉인된 자의 햄스트링! 드로우! 봉인된 자의 봉인된 것(섹드립)! 이런 의미불명의 카드로 어떻게 싸워야 하지?![#18] 이 소리가 절로 나오는 상태로 만들어주겠어.

아니, 그게. 나도 옛날에는 옷에 흥미가 없었던 건 아니거든? 나한테도 미를 동경하던 학생 시절이 있었어.

하지만, 졸업한 뒤에 블랙기업에서 일하는 동안 살아가는 것이 최우선이 되어버렸거든. 자신을 꾸밀 시간도 여유도 없어지고, 최종적으로는 의미마저 찾지 못하게 되어 버린 거야.

그러나 지금의 나는 다시 태어났어! 이제부터 라이버 동료들과 기획이나 놀기 위해 오프에서 만나는 기회도 늘어날 테니까, 나란히 서도 부끄럽지 않도록 최소한의 꾸미기는 익혀야지!

"저랑 다르게 히카리 쨩은 잘 꾸몄네요."

"정말? 고마워~! 하지만 뭐, 그만큼 돈이 들기도 한단 말이지…… 옷이란 건 본격적으로 고르려고 하면 깜짝 놀

#18 의미불명의 카드 만화 「유☆희☆왕」에서 주인공 유희가 카이바와 처음으로 카드 게임을 하던 중, 패에 쥔 「봉인된 자」 카드들을 보고 한 대사. 특히 TV애니메이션에 나온 「의미불명」의 발음이 인터넷에서 인기를 끌었다.

랄 정도로 돈이 드는 게 난점이야.”

“후훗. 아마 지금 저는 전신에 1만 엔도 안 들었을 거예요.”

“정말로?! 역시 디자인이 관여하는 건 비슷한 소재라도 전혀 다르네……. 히카리는 속옷만으로도 넘겨버릴 것 같아…….”

“헤, 헤에. 그, 그런가요오.”

갑자기 속옷 이야기를 해서 무심코 거동이 수상해지는 나.

성과 동떨어진 이미지의 히카리 쨩이 속옷 이야기를 하는 것에 갭을 느끼고 솔직히 가슴이 뛰어버렸다.

이럼 안 되지. 이래서는 완전히 동정 남학생의 사고와 전혀 다를 바 없잖아.

나도 아직 창창한 처녀잖아. 이 정도 화제에 동요해서는 점점 더 시청자한테 바보 취급을 받을 거야.

속옷 따위 여유롭습니다! 여~유~!

“그렇게 비싼 속옷, 저는 산 적이 없어요. 최근에는 그냥 온라인에서 엄청 저렴한 세트를 샀네요. 한심해라.”

“그러면 안 돼, 아와유키 쨩! 품격이라는 건 보이지 않는 곳에서부터 흘러넘치는 거야! 그 증거로 지금의 히카리한테서 타오르는 뜨거운 투지가 느껴지지 않아?”

“으음~, ……그럴지도 ……모르겠네요?”

“어라? 생각보다 반응이 안 좋아? 이상하네에, 좋아하는 속옷 입고 왔는데…… 봐!”

"헤?"

그렇게 말하더니 히카리 짱은 팔짱을 끼고 있던 팔을 풀고서, 내 뒤통수에 손을 둘러 자기 가슴 쪽으로 가까이 밀었다.

그리고 나에게만 안이 보이도록 옷의 가슴팍 부분을 반대쪽 검지로 당겨—

"———."

"그치! 좋은 거 입고 있잖아! ……어, 아와유키 짱? 왜 그래?"

의식이 멀어지는 걸 느꼈다. 하지만 신기하게도 머릿속은 천상의 행복감에 휩싸여 있었다.

이제 평생 동정이라도 좋아— 왜냐면 이런 감동을 맛봤으니까.

자, 지금이야말로 이 말을 전 세계의 동지에게 보내자.

—속옷은 빨간색이다. By 시코린—

"여보세요~? 대~답~해~."

—헉!

"히, 히카리 짱?! 뭐뭐뭐, 뭐하는 것이오이까?!?!"

몇 초 동안 천국으로 여행을 떠났던 의식이 히카리 짱의 목소리로 현세에 돌아왔다.

하마터면 얼굴을 붉히는 정도가 아니라 코피로 안면이 붉게 물들어버릴 참이었어.

그래. 마치 히카리 짱의 새빨간 속옷처럼…… 속옷……처……럼…….

우오오오오오오오오오??!?!?!!

“정말~ 왜 그렇게 당황해? 이상하네! 여자애들끼리니까 이 정도는 상관없잖아!”

“그, 그렇네요아하하하하—. 이, 이거 실례했습니다아…….”

정말로? 인싸 여자애는 이 정도까지 하는 거야? 히카리 짱이 너무 경계심이 없는 것뿐이 아니고?!

아아, 이제 틀렸어. 이 시추에이션을 이상하게 의식하지 않으려고 했지만, 이제는 내가 인싸의 텐션에 마음이 마구 뒤흔들리는 수수한 애 역할이 아니라고 생각할 수가 없게 됐다.

우우, 어쩌지. 아직도 얼굴에서 열이 나는데…….

이야기 속이었다면 대환영인 전개지만, 막상 내가 당사자가 되자 어떡하면 좋을지 알 수 없어지는 나였다.

“있잖아! 히카리의 승부 속옷, 어땠어? 히카리의 타오르는 하트가 전해졌어?”

“스, 승부 속옷?!”

데, 데이트에서 승부 속옷을 입고 온다는 건…… 그렇고 그런 것도 고려를 하고 있다고 생각해도 된다는 건가?!

어쩌지, 나는 그런 게 없으니까 이런 싸구려 입고 와 버렸는데! 차라리 노브라로 올걸 그랬어!

아니, 잠깐? 히카리 쨩은 속옷뿐 아니라 전신을 코디네이트하고 왔다. 그렇다면 나는 전라로 오는 게 정답이 아니었을까?

그래그래, 그렇지!! 만약 전라를 보고 뭐라고 하는 놈이 있으면 말해주면 된다고. 「이건 에로한 각오를 굳힌 사람에게만 보이는 옷을 입고 있는 거야!」라고!

전라야말로 성관계의 정장이거든! 정자를 위한 정장이라고! 예절을 지켜야지! 지금부터 성관계를 하는 녀석은 옷 따위 입지 마! 예의 바르게 전라로 데이트를 해라!

어라? 그렇다면 나랑 성관계를 할 예정인데 지금 멋지게 옷을 소화하는 히카리 쨩은 어떻지? 이건 예의에 반하는 게 아닐까?

아니, 잠깐……. 사람으로서의 상식이 시험받는 이 의논의 출발점은 히카리 쨩의 승부 속옷, 다시 말해서 의복이다. 뭔가 내가 틀린 게 아닐까?

생각해라, 나. 예절을 아는 일본인이 되기 위해 생각하는 거야. 승부 속옷이란 것은 어째서 존재하지? 보통 속옷하고는 뭐가 다르지?

그것은― 자신을 매력적으로 보이기 위해서다. 다시 말해서…… 얼굴에 화장을 하는 것과 마찬가지……?

"저기, 히카리 쨩. 패션은 화장과 동류일까요?"

"응? 갑자기 왜 그래? 뭐, 자신을 높이는 게 목적이라는 건 같은 게 아닐까?"

"그렇군요!"

드디어 정답에 도달했다. 전라는 아무리 그래도 안 되지. 상식적으로 생각해서.

세상의 잘 꾸민 여자들은 이렇게 깊은 곳까지 생각해서 자신을 꾸미는 거구나아. 존경스러워.

전라가 정장인지 아닌지는 내 고교생 무렵도 포함해서 지금까지 생각해본 적도 없었다니까. 역시 잘 꾸미는 여자는 최첨단이네!

"이게 히카리의 전투복이니까! 어떤 나쁜 녀석이든 퇴치해줄게!"

"응?"

그렇게 말하고 옆에서 섀도우 복싱을 시작하는 히카리 쨩.

어라? 이 느낌, 뭔가 이상한데?

"저기, 히카리 쨩, 참고로 말인데요. 승부 속옷이라는 건 언제 입는 거라고 생각하나요?"

"응~? 그야 물론 싸울 때지! 왜냐면 승부 속옷이잖아!"

"그건 물리적인 의미로? 아니면 육체적인 의미로?"

"응?? 둘 다 같은 거 아냐?"

글렀군. 어쩐지 대화가 성가시게 꼬이고 있어.

그렇지! 이렇게 하면 될지도 몰라!

“그렇지, 히카리 쨩은 어째서 승부 속옷이라고 하는지 알고 있나요?”

“응~? 어쩐지 친구가 중요한 날에 좋아하는 승부 속옷이 중요하다고 하는 걸 들었어!”

“아~. ……그렇군요.”

이거 글자 그대로의 의미로 승부 속옷을 해석한 거구나…….

드디어 대화의 어긋남을 이해했다. 그렇다기보다 그야말로 히카리 쨩다운 이유니까, 눈치를 못 챈 내가 잘못했네.

기습으로 가슴이 쿵쾅대고 동요해서 정상적인 사고가 작동하질 않았나 봐.

그거다. 이제 기습(히카리 쨩은 평범한 일이라고 생각하겠지만)을 계속 당해서 평상심을 유지할 수 없다는 걸 알아버렸으니까, 하다못해 이상한 행동을 하지 않고 데이트가 무사히 끝나도록 노력해야지…….

“그러면 이제 곧 첫 가게에 도착이야!”

“오, 마침내인가요!”

히카리 쨩이 가리키는 방향에 시선을 돌리자 그곳은……그야말로 세련된 부티크입니다요.

위험해. 내가 너무 동떨어져 있어서 점원이 이상하게 보거나 그러지 않을까? 그렇게까지 나한테 흥미를 보이는 사람이 거의 없다는 걸 알고 있어도 피해망상이 멈추질 않는다.

"여기 말이야. 히카리의 친구가 일하고 있어! 그리고 히카리가 지금 활동하고 있는 것도 알고 있는 몇 안 되는 절친 중 한 명이야!"

"어, 그런가요?!"

"응! 무슨 장르든 모여 있는 가게는 아니지만, 아와유키 짱이 이런 가게 잘 모른다고 하니까 적어도 처음에는 긴장하지 않도록 아는 사람이 있는 가게를 골랐어!"

"히카리 짱……."

"여기서 분위기에 익숙해지면 두 번째 이후도 돌아보자!"

어쩜 이렇게 상냥한 애가 있을까. 그리고 어째서 그토록 남에게 상냥하게 대할 수 있는 마음을 가졌는데 자신에게는 귀신같이 짐을 지우는 걸까?

감동과 의문이 함께 생겨 여러 가지 감정이 뒤섞였지만, 한마디로 정리하면 마마가 되고 싶다. 이 순수한 마음을 평생 지켜주고 싶다.

그런 생각을 하면서도 당연히 말을 하지는 않은 채, 히카리 짱에게 팔을 이끌려 가게 안으로 들어갔다.

"실례합니다~!"

"시, 실례합니다~."

""어서오십시오~.""

가게의 문을 열자, 겉모습만 그런 게 아니라 목소리부터 반짝거리는 점원들의 시선이 집중됐다.

그리고, 점원들 중에서 한 명이 조금 빠른 걸음으로 우리들 곁에 다가왔다.

"아이코, 하이~! 나 왔어!"

"어서 와, 히카리. 기다렸어."

사이가 좋아 보이는 인사를 나누는 두 사람. 이 사람이 히카리 쨩의 친구구나.

일을 하면서 멀찌감치 바라보던 점원들에게도 익숙한 기색으로 인사를 하는 히카리 쨩, 점원들의 흐뭇해하는 모습을 보니 아무래도 상당히 단골인가 보다.

히카리 쨩과 가볍게 대화를 마친 다음, 이번에는 나를 돌아보는 아이코 씨.

부티크 점원이라 당연하지만, 그 모습은 빈틈 따위 전혀 없는 것처럼 완벽하게 꾸며 입고 있었다.

"아와유키 씨로군요? 이야기는 히카리에게 들었습니다. 점원인 아이코라고 합니다. 언제나 히카리가 신세를 지고 있습니다."

"아, 아뇨, 아뇨! 오히려 이쪽이 언제나 신세를 지고 있어서……."

"정말인가요? 조금 이야기를 해보면 알 수 있을 거라 생각하지만 애가 좀 바보 같은 애잖아요? 나날이 사무소 분들에게 폐를 끼치는 게 아닐까 저는 걱정이 끊이질 않아서……."

"우우~! 히카리는 바보 아냐! 바보라고 하는 사람이 바보야!"

"괜찮아. 히카리는 바보가 아니라 바보 같은 애니까."

"같은 거잖아~!"

"전혀 달라. 후자가 귀여우니까."

"그래? 그렇구나! 그러면 됐어!"

"그래그래. 그렇지~."

히카리 짱을 가볍게 상대하며 미소를 짓는 아이코 씨, 정말로 사이좋구나.

꼼꼼하게 대응해주고, 엄청 일을 잘 하는 사람이란 느낌이다. 쿨하고 멋있어!

언뜻 봐서 타입이 달라 보이는 두 사람이지만, 서로 그렇게 다르니까 맞물리는 부분이 있을지도 모르겠네.

후하하하! 그러나 이 아와유키를 얕보시면 곤란하지! 수많은 경험을 쌓아온 나는 라이브온과 통하면서 제대로 된 인간이 존재하지 않는다는 것 정도는 알고 있어!

분명히 성실하고 멋진 아이코 씨도 히카리 짱과 통하는 이상 뭔가 위~험한 요소가 있을 거야!

훗, 사전에 올 거라는 걸 알고 있으면 아무리 나라도 안 놀란다.

자, 와라, 아이코 씨! 내가 어떤 이상성욕이라도 받아주겠어!

"좋았어! 그러면 아와유키 짱한테 맞는 옷을 찾자~!"

"그렇네. 아와유키 씨는 스타일이 좋으니까 뭐든지 어울릴 것 같아서 기대되네요."

"그, 그건…… 황송해요……."

두 사람과 함께 가게 안을 물색하기 시작했다.

자, 우선 어떻게 나올까?

"이런 게 요즘의 트렌드네요. 그렇지 않더라도 사용하기 쉬운 디자인이니까, 추천드려요."

"그렇군요……."

아이코 씨가 손에 든 것은 딱히 별난 기색이 없는, 시원스럽고 디자인도 예쁜 상의였다.

아직 송곳니를 감추는 건가. 오케이, 오케이.

"어떤가요? 이런 장르 좋아하세요?"

"저기…… 그럴지도 몰라요. 싫어하지는 않지만, 너무 초보자라서 조금 입은 모습을 상상할 수가 없네요."

"그렇군요. 그렇다면 한번 입어보시는 걸 추천드려요."

"아, 그러면 부탁드립니다."

"네. 그러면 이거에 맞는 것도 몇 갠가 가지고 갈까요. 전체적인 셋업이나, 조합하는 법을 알 수 있으니까요."

"감사합니다!"

"이거랑…… 그리고 이거네요. 히카리! 이쪽에서 시착해 볼 거니까, 그쪽은 그대로 계속 찾아봐!"

"네~에!"

그대로 시착실로 안내를 받았다.

좋아. 아마도 온다면 여기일 거야. 시착실은 절호의 시추에이션이다.

"밖에서 대기하고 있을 테니까 사이즈가 안 맞거나 입는 법을 모르겠으면 말씀하세요."

"네!"

"그럼 실례합니다."

"……."

가, 가버렸다.

어, 그래도 돼? 이런 절호의 기회를 놓쳐도 되는 거야? 라이브온이라면 여기서 뭔가 저질러야 하잖아? 안 그러면 아깝잖아?

뭐, 안 온다면 어쩔 수 없지. 평범하게 입자.

내가 벗은 옷이 어느새 사라지고, 시착실의 커튼을 열었더니 아이코 씨가 그 옷을 입고 있다는 케이스도 예상해봤지만, 옷이 없어지긴커녕 시착실의 커튼은 1밀리미터도 열릴 낌새마저 없었다.

이건 대체 어떻게 된 거지?

그다음, 시착을 마치고, 마음에 든 옷을 몇 갠가 발견해서 그걸 구입하기로 결정했다.

오늘은 분발하기로 했으니까. 배포 좋게 팍팍 가자.

그러나 본론은 이게 아니다. 터무니없는 일이 판명되었다.

그다음에도 아이코 씨가 여러모로 조합을 제안해줬는데, 어떤 조합에서도 센스가 느껴지고 어색한 점이 요만큼도 없었다.

이건— 호, 혹시?!

"그리고 이것도…… 어머? 왜 그러세요? 그렇게 놀란 것처럼 눈을 뜨고서?"

"상식인이다……."

"네?"

"상식인…… 실재했었구나……."

"……네?? 흔해빠진 사람이니까 상식인이 아닐까요?"

틀림없다……. 이 사람, 그야말로 틀림없이 상식을 가졌다.

믿을 수가 없네……. 간접적이라지만 라이브온에 상식인이 있다니…….

"죄송해요, 아이코 씨. 저는 고정관념에 사로잡혀 있었나 봐요. 실례를 사과합니다."

"……아와유키 씨가 저한테 뭘 기대했는지는 알 수 없지만, 기대에 부응하지 못해 죄송합니다."

"아뇨! 오히려 감동했으니 사진 찍어도 괜찮을까요?"

"……괜찮아요."

"그리고 악수해도 괜찮을까요?"

“……그러세요.”

“야호~! 상식인 분과 악수를 할 수 있다니, 꿈만 같아요!”

“아와유키 씨.”

“네?”

“히카리가 여러모로 죄송합니다…….”

“어, 히카리는 왜?! 어째서?!”

라이브온에 사고까지 침식당해 있는 나였다.

아이코 씨가 상식인이라는 경악의 사실이 판명된 다음, 조금씩 나도 가게 안의 세련된 분위기에 익숙해져서 긴장을 풀고 잡담을 할 여유가 생겼다.

지금은 아이코 씨와 히카리 쨩의 이야기를 신나게 하고 있었다. 당사자인 히카리 쨩 본인은 긴장이 풀린 내 모습에 안심했는지, 지금까지 찰싹 달라붙어 있던 나와 떨어져 다른 점원들과 옷을 물색하고 있었다.

아이코 씨는 히카리 쨩과 고등학교 시절부터 아는 사이라, 옛날의 그녀를 모르는 나로서는 그녀의 모든 이야기가 대단히 흥미로웠다.

좋은 기회니까, 신경 쓰이던 걸 여러모로 물어봐야지.

“아이코 씨에게, 히카리 쨩은 어떤 이미지인가요?”

“이미지라…… 으음~ 사랑 받는 바보네요.”

“아~, 그건 저도 이해돼요.”

“그런 성격이니까요. 분명히 저랑 친해진 것도 그 덕분일 거라고 생각해요."

"어떻게요?"

"저는…… 뭐라고 해야 할지. 사람을 깊게 사귀는 게 서툴러서요. 손님과 점원 같은 가벼운 관계라면 괜찮고 오히려 특기일 정도지만요. 너무 파고들어 버리는 건 그게…… 괜히 이면을 의심해 버리거나, 그런 생각만 많아지는 자신을 발견해서…… 성격이 나쁜 거죠."

"……아뇨. 어쩐지 알 것 같아요."

크든 적든, 누구나 관계가 가까워지면 질수록 자신의 이상을 밀어붙여버리는 일이 있을 거야. 그리고 그 마음은 나쁜 결과로 이어지는 일도 많다.

그러니까 차라리 다른 사람과 일정한 거리를 유지하여 마음의 평온을 지킨다. 이 타입의 사람은 뜻밖에 많을 거라고 생각한다.

"하지만 히카리에 관해서 말하자면, 아예 처음부터 제 마음대로 움직일 리 없다는 걸 알고 있죠. 다시 말해서 언제나 배신당하는 거나 마찬가지니까, 그게 반대로 저로서는 마음이 편해서, 앞뒤를 느끼지 않는 요인이 되는 거죠."

"아하하…… 분명히 히카리 쨩은 행동을 예상하는 게 어려우니까요……."

"정말로 처음에는 이 녀석, 뭐지?! 했었어요! 고등학교 입학 직후에, 옆자리가 됐는데요. 반 전체의 자기소개 중에 갑자기 『평범한 인간에겐 흥미 없습니다』로 시작되는 스피치를 해서, 일부러 터무니없이 안쓰러운 이미지를 준 상태로 고교생활을 시작하는 하드모드 플레이를 했으니까요.”

“고등학교 때부터 이미 M이었군요…….”

“그런데도 금방 반의 인기인이 되었으니, 역시 대단하다고 할까요.”

“그 임팩트에 아이코 씨도 넘어가 버렸네요.”

“아니, 넘어간 건…… 친해진 건 사실이지만요…….”

어쩐지 불평처럼 말하는 아이코 씨지만, 그 모습은 어쩐지 즐거워 보이고 음색은 마치 지인의 무용담을 말해주는 것 같았다.

이 느낌 참 좋네. 이게 바로 여자애들 사이의 우정이구나. 동경하게 된다. 언젠가 나도 히카리 짱이랑 더 가까워져서 이런 관계가 될 수 있을까?

“그리고 또, 한때 같이 패밀리 레스토랑에서 아르바이트를 시작했을 때는, 점장님에게 『미슐랭 3스타 쉐프를 노립니다!』라고 선언해서 난처하게 만든 적도 있었어요.”

“패밀리 레스토랑에서?!”

“끝에는 졸업을 하고 몇 년 뒤에, 갑자기 전화를 걸어서 『이 세상에서 최강의 존재는 물리공격이 안 통하는 전자생명체라는 걸 깨달았어. 그러니까 VTuber가 되고 올게! 히카리는 인간을 그만둔다! UREYYYY!!』라고 했을 때는 현

기증이 났어요."

"몬사냥 때 한 말, 진짜였구나……."

히카리 쨩, 머릿속도 너무 히카리인걸.

"그리고 기본적으로는 순순히 하는 말을 듣는 애지만요, 그게 대부분 곡해되어 전달돼요."

"어……."

"이건 정말로 의문인데요. 히카리 속에는 묘한 규칙이 적용되고 있는지, 들은 말이 그 규칙으로 변환되어버리는 것 같아요."

"머릿속에 번역 소프트라도 들어 있는 건가요?"

"그래요 그거. 히카리의 머릿속에는 모두 히카리 번역을 경유한 정보밖에 들어가질 않는 것 같아요."

"방금 인간을 그만둔다고 했었는데요. 애당초 인간이 아니었던 건 아닐까요?"

"뭐, 신기하게도 해석은 다른데도 성립되는 결과는 세간과 공통되는 것 같아서, 익숙해지면 귀여워요."

"그, 그래요……."

듣고 보니 이상하게 소년만화스러운 사고방식을 하기도 했지, 히카리 쨩은. 나를 안내해줄 때도 보디가드라거나 외적이라거나 했었고.

"그리고, 성적인 화제는 연령 제한이 걸렸는지 모두 차단되나 봐요."

"그렇군요. 그런 화제가 안 통하는 건 그게 원인이었나요."

"머릿속이 쥬니어네ㅇ버 같은 거죠."

"그거 엄청 놀리는 거 아닌가요?"

"아, 들켰나요? 뭐 그래도, 그만큼 히카리는 저 같은 것보다 훨씬 뛰어난 점도 많아요."

"그런가요?"

"네. 여러 가지 부분에서 재능의 편린이 느껴지죠. 그건 솔직하게 존경하고 있어요. 예를 들어서…… 히카리는 센스가 좋아요."

"헤~이! 멋진 거 골라왔어~!!"

"봐요."

그 목소리에 아이코 씨가 시선을 돌린 방향을 나도 바라보자, 히카리 쨩이 위아래 의복 세트에 액세서리까지 골라와 준 모양이다. 양손에 한가득 들고서 이쪽으로 걸어왔다.

"이 대미지 진즈 좀 봐! 엄청 멋지지 않아?!"

특히 추천하는 건 적당히 대미지 가공이 된 청바지인가 본데, 노출도 적으니까 이거라면 나도 입을 수 있겠어.

"이 상처…… 분명히 역전의 강자가 애용한 고대의 방어구가 틀림없어!"

"으응? 아니, 그건 애초에 그런 디자인으로 제작된—."

"이거라면 분명히 공격력 상승 스킬이 달려 있을 거야!"

"아니, 스킬은 뭔가요?! 히카리 쨩은 대체 뭘 추구하는 거야?!"

"자, 아와유키 짱! 시착실로 가자!"

"어~라~?!"

"느긋하게 입어보세요~♪"

영업 스마일을 전개하는 아이코 씨의 배웅을 받으면서, 히카리 짱에게 반쯤 억지로 끌려가 시착실에 들어갔다.

괘, 괜찮을까 이거? 어쩐지 잘 꾸미는 거랑은 다른 시점으로 옷을 고르지 않았어, 얘? 여기를 부티크가 아니라 RPG의 방어구점이라고 생각하지 않았어?

그러자 곧장 불길한 예감이 들었지만, 기세에 밀려서 그대로 옷을 갈아입는 나였다.

결론, 불길한 예감은 그냥 기우였다.

불안을 느끼면서도 건네준 것으로 갈아입었는데, 펑크 스타일이라고 해야 할까? 전신이 쿨하게 정돈되는 세련된 밴드걸 같은 전체상으로 완성되고 있었다.

이거라면 나쁘지 않은 정도가 아니라 한 세트 정도 가지고 싶다고 생각할 만큼, 들쭉날쭉한 파츠를 정돈하는 그 센스는 정말 제일이라고 나도 느꼈다.

그때, 나는 아이코 씨와 나눈 대화 내용을 떠올렸다.

『이건 정말로 의문인데요. 히카리 속에는 묘한 규칙이

적용되고 있는지, 들은 말이 그 규칙으로 변환되어버리는 것 같아요.』

그렇구나. 방금 전 고대의 방어구 운운도 이게 원인이구나.

하지만 신기할 정도로 센스는 있단 말이지…….

“어때요? 재밌는 애죠?”

“네. 정말로.”

“자랑스런 친구예요.”

아직도 아연한 나와 대조적으로 그렇게 말하는 아이코 씨의 미소는 오늘 제일 반짝이고 있었다.

“엄청 많이 샀네~!”

“그렇네요. 히카리 쨩 도움을 빌릴 수 있는 오늘, 올여름을 날 수 있는 만큼 살 셈이었으니까요.”

“그렇게 조바심 내지 않아도, 히카리는 언제든지 힘을 빌려줄 거야!”

“정말인가요? 후훗. 그러면 다음에 고를 때는 히카리 쨩이 가지고 싶은 걸 같이 사러 갈까요.”

“좋네좋네좋네! 뭘 사러 갈까~.”

양손에 한가득 여러 가게에서 산 옷을 들고서, 역으로 이어지는 길을 걸었다. 아까 히카리 쨩이 짐꾼을 자처했지만, 이만큼 신세를 지고서 짐까지 들어주는 건 내가 용납

할 수가 없었다.

역에 도착하면 이대로 해산하는 분위기다.

그건 그렇고, 오늘만 해도 지금까지 몰랐던 히카리 짱의 여러 가지 면을 볼 수 있었네.

더 깊은 교류를 한다는 점에서 오프에서 만나보는 건 큰 의미가 있을지도 모른다. 나중에 같이 하게 될 돌아보기 방송이 기대된다.

문득, 가게를 나설 때 아이코 씨랑 나눈 대화를 떠올렸다.

『히카리를 앞으로도 잘 부탁드립니다. 좀 바보 같은 애지만, 저는 히카리가 계속 빛나면 좋겠어요.』

『저야말로 잘 부탁드려요! 뭐, 히카리 짱은 제가 없어도 계속 반짝반짝 빛날 것 같지만요.』

『아뇨아뇨. 분명히 그렇지는 않을 거예요. 사람은 누군가와 연결되는 게 필수불가결하니까요. 그건 히카리도 마찬가지죠. 히카리는 의무감이 강한 애거든요. 그건 좋은 일이지만, 때로는 그게 무거운 부담이 되어버리는 일도 있어요. 그럴 땐 지탱해 주세요.』

『네. 저한테도 히카리 짱은 소중한 동료니까요. 후훗, 하지만 아이코 씨는 마치 히카리 짱의 엄마 같네요.』

『네엣?! 이, 이상한 소리 하지 마세요! 친구예요! 친구!』

『헤~이! 아직 이야기 안 끝났어~?!』

『아, 히카리 짱이 부르네요. 그러면 저는 이만 갈게요.

오늘은 정말 고맙습니다.』

『정말, 아, 마지막으로 연락처만 교환해 주실 수 있을까요? 히카리한테 무슨 일 있을 때 필요해질지도 모르니까요.』

『역시 아이코 마마야…….』

『뭔가 말했나요, 최애 마마 씨?』

『어, 어째서 그걸 알고 있는 건가요?!』

『두 사람! 얼~른~!』

결국 히카리 쨩이 재촉해서 나는 급하게 연락처를 교환하고 다음 가게로 갔다.

하지만 조금 마음에 걸리는 게 있었다. 히카리 쨩을 지탱해 달라고 말한 아이코 씨의 말에 괜한 현실감을 품고 있는 것처럼 들렸다.

혹시 과거에 무슨 일 있었나?

활발하고 언제나 기운차고 정의감이 넘치고 올곧으며, 누구에게나 사랑 받는 아이.

근본적으로 아싸인 나 같은 것보다 훨씬 세상을 살아가는 재능이 넘치고 있는 것 같은데…… 분명히 긴 시간을 함께 지낸 아이코 씨는 더욱 깊은 곳까지 보이는 게 있는 거겠지.

……어쩐지 분해. 나도 동업자이며 동기라는, 아이코 씨에겐 없는 어드밴티지가 있단 말이지. 언젠가 히카리 쨩 마운트라도 잡아줄 정도는 되어 주겠어.

"아, 저 가게는 수영복을 팔아! 여름에 들어섰는데 아직 바다에 간 적 없으니까 새로운 거 살까! 있지, 아와유키 짱! 잠깐 보고 가도…… 아, 짐이 그렇게 많으면 힘들겠네, 미안…….”

“아뇨아뇨. 잠깐 정도는 전혀 괜찮아요. 저도 신경 쓰이니까 가보죠.”

“정말? 고마워! 그럼 살짝 보기만 하자.”

쫄래쫄래 가게 안으로 들어가는 히카리 짱 뒤를 따라갔다.

바다라~. 벌써 몇 년은 안 간 것 같다. 올해는 여름을 만끽한다고 정했으니, 수영복을 사서 가봐도 괜찮을지 모르겠네.

……그건 그렇고, 역시 수영복은 노출도가 높은 게 종종 보인다. 내가 입고 있는 모습을 전혀 상상할 수가 없어. 비키니 타입은 면적이 속옷이랑 다를 바 없잖아. 이름만 다른데 보여줘도 괜찮아지는 인간은 참으로 단순한 생물이야.

……지금 노출과 해변이 연결되어, 이전의 월크 방송에서 본 전라의 빨간 그걸 떠올려 버렸지만, 그건 UMA 같은 거니까 무효다.

“있잖아, 아와유키 짱! 이거 봐봐!”

“네? 왜 그러나요? ……어, 엇?”

그런 생각을 하면서 수영복을 보고 있는데, 가게 안쪽에서 수영복 한 벌을 들고 히카리 짱이 곁으로 돌아왔다.

그러나 그 수영복을 봤을 때, 잠시 나는 이해를 하지 못했다.

그건 검은색 비키니 타입의 수영복이었다. 그뿐이라면

섹시한 수영복 정도로 나도 이해했겠지만, 문제는 천의 면적이다.

흉부는 간신히 보여서는 안 되는 부분을 가리고 있을 뿐이고, 하부는 T백이라기보다 이미 전체가 끈이다. 치부 부분에만 간신히 천이 존재한다.

이건— 아아, 드디어 이해됐다. 그렇지. 내가 아는 한 이건 마이크로 비키니라는 거다. 게다가 상당히 과격한 쪽이야.

그렇다. 그, 아무리 생각해도 보통 해변에서 입는 용도가 아닌 그거.

“이 수영복 굉장해! 분명히 착용한 사람이 헤엄치기 쉽도록 극한까지 천을 깎아낸 거야! ……어라? 하지만 이거, 헤엄치면 간단히 벗겨지지 않을까?”

그리고 히카리 쨩은 그 수영복을 자기 앞에 들어서, 몸에 맞춰보려고 한다—.

이, 이, 이, 이이이!

“이노오오옴—!! 그만두세요~!!!!”

무심코 목소리가 흐트러지면서 수영복을 빼앗는 나.

아이코 씨가 말한 지탱할 필요의 의미를 어쩐지 이해한 나였다.

아니, 이 가게엔 왜 이런 수영복이 있는 건데……?

“그다음은 역으로 가서 서로 집으로 돌아갔네요.”

“이야~ 즐거웠지! 꼭 다시 놀러 가자! 다음에는 3기생 다 같이 어때?”

“좋네요. 분명히 즐거울 거예요.”

: 승천합니다.

: 좋다! 더 해라!

: 낙원이 여기에 있다.

: 히카리 쨩의 수수께끼 룰, 완전 빵 터짐ㅋㅋ

: 히카룰.

: 계산 과정은 틀렸는데 답은 맞는 수식 같네.

: 히카리 쨩의 친구 A 씨, 라이버 구현 시급함.

중간에 아이코 씨의 이름 등 방송에서 말할 수 없는 부분은 가렸지만, 이걸로 당일 한 일의 대부분을 시청자들과 공유할 수 있었을 거야.

좋은 옷도 잔뜩 샀고 히카리 쨩과의 관계에 커다란 한 걸음을 내디딜 수 있어서, 나는 커다란 충실감을 느끼며 방송을 종료했다.

막간 야나가세 챠미의 카스텔라 답변

“안녕하세요♡ 모두를 힐링의 극치로 안내해 줄 챠미 누나가 왔어요.”

요염하면서도 야한 느낌은 지나치지 않은, 마치 달빛 같은 섬세한 목소리가 마이크를 통해 방송에 전달된다. 목소리의 주인은 인사한 것처럼 야나가세 챠미, 라이브온 3기생이다.

아름다움과 글러먹음의 갭을 가지고, 더욱이 그 갭이 웃음뿐 아니라 귀여움, 때로는 징그러움 등의 요소로 연결되어 자유자재로 변환되는 방송 스타일이 특징인 그녀.

또한 자유자재로 변환되는 것과 동시에 제어불능이기도 하다는 점은, 이만큼의 요소를 쌓아 올렸으면서도 그녀의 대명사를 허당으로 정리하는 훌륭하게 안쓰러운 점이라고 할 수 있으리라.

어쩐지 위험한 매력을 풍기는 축복받은 외모를 가졌으면서, 라이버가 된 뒤부터 「얘는 제대로 생활이 가능한 건가?」 라고 걱정마저 하게 되는, 다른 의미로 위험한 매력도 내면에서 풍기는 그녀.

라이브온에서도 특히 코어한 팬이 많은 라이버이기도 하며, 동접자 수의 안정감은 제일이다. 오늘도 수많은 시청자가 그녀의 방송에 찾아온다.

"오늘은 카스텔라 답변을 하려고 해. 후훗, 정말로 매일 수많은 카스텔라가 오거든? 그렇게 나를 알고 싶다니, 다들 귀여운 아이들이구나?"

: 대답 감삼다!

: 너도 귀엽 ¥610

: 어쩐지 엄청 태클을 걸고 싶어졌지만, 아직 걸만한 점이 없었다. 신기한걸.

"그러면 먼저 첫 번째 갈게."

@가습기에 물 넣은 거 맞죠?@

"이건…… 반대로 어째서 질문을 하는 걸까……? 가습기는 물을 넣어서 쓰는 거잖아?"

: 샤미쨔마는 당연한 걸 못 한단 생각이 들거든.

: ㄹㅇㅋㅋ

: 어, 그거 물 넣어서 쓰는 거야? 기동하면 자동으로 가습해 주는 거 아냐?

: 어디서 물을 만드는데?

: ↑이 형씨는 자연발생설을 믿을 것 같다.

"어머, 실례되는 사람이 있네! 나는 특히 목 상태에 민감하니까, 케어를 위해 가습을 단단히 하고 있거든? 가습기도 꽤 좋은 걸 쓰고 있어. 흐흥."

: 샤미 쨩은 그럴 것 같았어.

: 역시 목소리 페티쉬.

: 미안, 가습기랑 착각해서 사우나를 샀을 거라 생각했어.

: 그건 정말로 사과하는 게 좋아.

"그리고 말이야. 오히려 가습기는 아주 좋아할 정도야. 어쩐지 내 고독을 치유해 주는 존재야."

: 엥?

: ??

: 어, 챠미쨔마, 무슨 말을……?

"어머, 다들 이해 못 해? 가습기는 제품에 따라서 다소 차이는 있을 거라 생각하지만, 나는 탱크에 물을 넣어서 세팅하면 말이야, 몇 시간마다 탱크의 물이 트레이에 이동하는 소리가 들리거든. 꼴꼴꼴하는 느낌의 물소리가 나는데. 그 소리를 듣고 있으면, 아아, 오늘도 열심히 일하고 있어서 귀엽구나~ 싶어서."

: ????

: 외톨이 증상이 너무 꼬여서 가습기를 애완동물이라고 생각하기 시작한 거 아냐?

: ㄹㅇㅋㅋ

: 물은 넣지만 사용법이 잘못됐잖어!

: 가습기가 되어 챠미 쨩에게 사랑받고 싶다.

"으응~? 생각해 봐. 탱크에 물을 보급할 때 어쩐지 흐뭇한 기분이 드는 감각 같은 거, 다들 알지?"

: 그러니까 먹이를 주는 게 아니고 말이죠.

: 모른다니까.

: 슈와 쨩이랑 다른 벡터로 맛이 가서 웃김ㅋㅋ

: 시험 삼아 탱크에 스○○로 넣어서 작동시켰더니 가습기가 망가졌다던데.

: 어어…….

: 어째서 넣으려고 한 걸까……?

: 방을 스○○로 플레이버로 채워서 코로 섭취하려고 했다더라.

: 가습기를 기습한 여자.

: 제조사가 「스○○로를 넣지 말아주세요」라고 주의사항에 안 적은 게 나빠.

: 넣으려고 하는 사람이 있으리라고 누가 예상했겠어.

"역시 가습기에는 매력이 가득하네!"

@ 챠미 쨩은 나긋하다는 인상이 있습니다만, 최근에 화낸 적 있나요?@

"으응~, 그렇네. 우선 첫째로 나긋한 게 아니라 여유가 있다고 해주면 좋겠어."

: 아 그래요.

: 그렇네요.

: 챠미쨔마, 여유로워~.

"어쩐지 다들 바보 취급하는 거 아냐? 뭐, 이제 됐어. 그렇네…… 아, 최근에 화난 적 있어! 그건 정말로 용서 못 해!"

: 오, 의외인걸.

: 찐으로 화난 톤이야.

: 샤미 쨩을 화나게 만들다니, 뭔 짓을 한 거야?

"있잖아? 그날 말이야. ASMR의 퀄리티 증진을 위해 요튜브에서 하염없이 여러 사람의 ASMR을 탐구했어. 그랬더니 말이야, 탐구라고 해도 귀가 너무 행복해서 도저히 참을 수 없는 졸음이 덮친 거야. 그럴 때…… 놈이 나왔어."

: 놈?

: 대체 뭐지?

: 두근두근

"그 충격을 모두에게도 체험시켜 주고 싶으니까, 다들 자기가 꾸벅꾸벅 졸면서 ASMR을 듣고 있는 걸 이미지해 봐. 내가 ASMR 대사를 재현할게."

: ㅇㅋㅇㅋ

: 네~에.

"들어봐? 그러면 간다. 어흠."

샤미는 한 번 헛기침을 한 다음, 대사를 읽기 시작했다.

"어때? 아프지 않아? 나 귀 청소는 처음이라서~. ……우우, 조금 무서워. ……응? 기분 좋아? 그럼 다행이야, 에헤헤. ……으응~ 어쩐지 말이야, 어두운 게 무서워. 귀 안쪽이 어두워서 잘 안 보여……. 아, 그렇지, 잠깐 안경

써도 돼? 응, 안경. 그렇게까지 시력이 나쁜 건 아니지만, 집에서 세세한 걸 할 때는 써. 괜찮아? 고마워. 저기, 그러면 안경을 쓰고서라쿠○카드매애애애애애애애앤!!!!"

: 우왓!

: 깜짝이야…….

: 갑자기 뭐야?!

: 빵 터졌다ㅋㅋㅋㅋㅋ 광고 말이지?ㅋㅋㅋㅋ

: 그랬구만ㅋㅋㅋㅋ

: 멋진 연기 비용입니다 ¥10,000

"맞아, 광고! 정말이지, 이어폰 끼고서 볼륨 엄청 키워서 듣고 있었으니까 너무 놀라서 펄쩍 뛰었어! 안경은 써도 되지만 라쿠○ 카드맨[#19]이 되라고 한 적은 없어~!! 그래서 얼마 동안 격노했었어!"

: 화내는 모습, 귀여워.

: 그런 정형문 같은 체험을 하다니, 역시 라이브온.

: 으음! 시추에이션 보이스! 라쿠○ 카드맨의 귀, 클리어!

: 누구 좋으라고 보여주는 영상은 그만!

: 귀지를 파내고서 클리어라고 외칠 것 같아.

: 고오오오오오오오오—올!이라고 외치면서 고막을 찢을 것 같다.

#19 라쿠○ 카드맨 라쿠텐 카드 광고에 등장하는 캐릭터. 히어로 복장이지만 양쪽 눈에 라쿠텐 카드를 붙이고, 가슴에 커다란 R을 새긴 것이 특징. 수면 유도 등 ASMR 음성은 매체 특성상 음량을 높여서 듣는 경우가 많아, 도중에 광고가 나오면 귀를 다칠 수 있다.

: 레드카드냐!

"정말로 싫다니까! 정말 흥이 다 식어 버렸어! 으음!"

: 으음!이 아니고.

: PR로서는 대성공이 아닐까?

: 기억에 남는 게 중요하니까.

"이 얘기는 짜증 나니까 이제 끝! 다음 카스텔라 가자!"

@마피아 수고하셨습니다! 가능하면 감상을 듣고 싶어요! 그리고, 에에라이 쨩이랑 오프 콜라보도 완전 기대 중!!@

"카스텔라 고마워. 마피아 말이지. 마침 감상을 말하고 싶었어! 앗, 하지만 스포일러가 섞여 버리니까, 마피아 방송 안 본 사람 중에 스포일러 싫은 사람 있으면 미안하지만, 뮤트를 해줄래?"

: 괜찮아!

: 좋아요~!

: 갓에피니까 다들 보자!

"……응. 그러면 시작할게. 정마알……. 즐겁긴 했지만, 그 게임은 심장에 안 좋아! 1회전에서 마피아가 됐을 때 쓰러지는 줄 알았어! 왜 갑자기 하필이면 나야!"

: 마피아는 싫어 마피아는 싫어 마피아는 싫어어어어어어어 마피아는 싫어어어어어어어어어어어어어??!!

: ↑당시의 챠미 쨩 재현ㅋㅋ

: 『챠미 쨩, 염원하던 마피아가 되다』라는 타이틀로 클립

따인 게 진짜 웃겼지.

: 염원하다(ㅋ)

: 설마 대활약할 줄은, 절규할 때는 아무도 생각 못 했지.

: ㄹㅇㅋㅋ 그보다도 마지막에 번장을 더 예상 못 했어.

"낯가림이 뜻밖에 도움이 됐지. 히카리 쨩한테는 안 통했지만…… 히카리 쨩은 너무나 순진하니까, 괜한 술수는 반대로 악수였던 걸 거야. ……사실은 발견해 줘서 조금 기쁘기도 했어. 우후후, 에에라이 쨩이랑 친해지기도 했고, 끝나고 보니 마피아가 돼서 잘됐어."

: 존귀하구나…….

: 혼자서만 초능력 배틀하던 거 빵 터졌다.

: 수고하셨습니다! ¥1,000

: 나도 에에라이 쨩이랑 오프 콜라보 기대돼!

: 번장은 진짜로 번장이었다.

"그래, 콜라보! 벌써 계획이 꽤 잡혔어! 나도 기대돼! ……에에라이 쨩, 정말로 멋있었어…… 하아아~."

: 완전히 넘어간 목소리군.

: 어, 혹시 반했나?

: 위험한 냄새가 난다ㅋ

"그, 그 정도는 아냐! 콜라보 때도, 내가 선배로서 딱 리드할 거야! 후후후, 오히려 에에라이 쨩이 나한테 반해 버리는 거 아닐까?"

: 그래요, 그래 ㅋ

: 생각보다 빨리 콜라보를 볼 수 있을 것 같아서 잘됐다!

이다음에도 이어지는 카스텔라 답변을 하면서, 챠미는 에에라이와 콜라보할 때를 계속 생각하고 있었다. 얌전하면서도 미래에 대한 기대를 품고 있는 꽃봉오리처럼.

낯을 가리는 챠미에게 생긴 기쁜 후배와의 인연. 챠미는 선배로서 에에라이와 깊은 교류를 할 수 있을까?

이 방송 다음날, 에에라이와 챠미의 오프 콜라보 일정이 정식으로 고지되었다—.

제3장

샤미 쨩의 상태가……

"……아직일까?"

평소라면 방송 중일 밤 10시. 나는 이불에 몸을 맡기고 뒹굴면서도, 진정하지 못해서 꼬물꼬물 몇 번이고 몸을 뒤척이면서 스마트폰의 화면을 응시하고 있었다.

오늘은 방송을 쉰 게 아니라, 평소보다 방송 시간 자체를 통째로 앞당겨서, 이른 시간에 종료했다.

그 이유는 스마트폰에 표시되어있는 샤미 쨩의 방송 대기 화면에 있다.

방송 타이틀은『에에라이 쨩과 둘이서 ASMR 오프 콜라보!』. 그렇다. 마피아 때 약속한 이 두 사람의 콜라보가, 이제 실현되려는 참이었다.

낯을 가리는 그 샤미 쨩이 스스로 용기를 내서 초대한 오프 콜라보…… 샤미 쨩과 후배가 오프에서 엮이는 게 기대가 되기도 하고, 그 샤미 쨩이니까 뭔가 터무니없는 허당짓을 저지르지 않을까 걱정되어 두근거림이 멈추질 않아서, 반드시 실시간으로 보고 싶었다.

ASMR이기도 해서 어떻게든 진정하고자 이불에 들어가

이어폰을 끼고 방송 개시를 기다리고 있었다. 물론 졸음기는 전무했다. 격렬하게 고동치는 심장 소리가 귀에 들릴 정도였다.

이미 마음은 내 아이의 운동회를 지켜보는 엄마의 그것이다.

카에루 쨩? 모르는 애입니다.

"헉! 시작됐다!"

드디어 화면이 전환됐다. 방송 시작이다. 챠미 쨩 힘내라! 응원하고 있어!

"…………어라?"

두 사람의 아바타가 표시되고 표정도 움직이고 있는데, 어째선지 잠시 목소리가 안 들렸다.

설마— 기재 트러블? 아니면 요튜브 군의 컨디션 불량인가?

『앗, 저기..』

처음부터 무심코 나까지 초조해졌지만, 에에라이 쨩의 목소리가 들려서 일단 안심했다.

아직 ASMR 마이크가 아니라 보통 마이크인가 본데.

『야, 얏호~! 여러분~! 건강한가요~랍니다~. 기다리셨습니다, 에에라이 동물원 원장 소노카제 에에라이랍니다!』

: 번장! 기다리고 있었습니다!

: 살법(얏호!)[#20]!

: 살법(殺法)! 스스로 길을 돌진하는 번장다운 멋진 인사로군요! 감동했습니다!

: 이건 오늘의 상납금입니다. ¥50,000

: 상납금ㅋㅋㅋ

: 뭐 하는 거냐! 너희들도 얼른 바쳐라! 사자 먹이가 된다!

: 본인은 재촉 같은 거 하나도 안 했는데도 시청자들 사이에서 수수께끼의 슈퍼챗 문화가 형성된 탓에 슈퍼챗 액수가 톱클래스인 번장, 최고야.

보기 드문 콜라보이기도 해서 이미 동접자 수가 어마어마하네. 내가 당사자였다면 프레셔마저 느낄 숫자다.

다행히 에에라이 짱은 상당히 머리가 돌아가는 인재, 샤미 짱을 맡길게!

그렇게 손을 깍지 끼면서 부탁하고, 이번엔 샤미 짱의 등장을 기다렸는데…… 어라? 또 말 없는 공간이 돼버렸는걸?

『……저기~ 샤미 선배? 이제 슬슬 인사를 부탁하는 거랍니다~! 애당초 예정에서는 선배가 먼저 인사할 거였답니다~.』

: 샤미 짱~?

: 낯가림 여전하구만ㅋㅋㅋㅋ

: 오늘도 쨔마하고 있군.

: 역시 후배랑 첫 오프 콜라보는 긴장되는 건가.

#20 살법(얏호!) 일본어 특유의 발음을 이용한 말장난. 사람을 죽이는 법이라는 한자어 살법(殺法)을 야호라고 발음할 수 있다.

: 원장이 도와줘!

『아니, 이건 아마 낯가림이 아니고 말이죠…….』

채팅창을 보고 그렇구나 싶어서 일찍부터 걱정을 해버렸는데, 에에라이 쨩의 상태를 보니 아무래도 낯가림하고는 다른 사정이 있는 모양이다.

『저기, 챠미 선배? 벌써 방송 시작했으니까 인사를 부탁드리는 거랍니다~.』

『에에라이 쨩, 멋져…….』

『아니, 그러니까 그게 아니고…….』

…………으응?

『챠미 선배, 그러니까 인사를.』

『챠미라고 불러줄래? 그냥 이름만 불러줘.』

『아니, 그러니까 선배한테 그건 송구한 거랍니다……. 그렇게 뜨거운 시선을 보내셔도 곤란하고…… 그리고 이야기를 듣고서 인사를 해주면 좋겠는 거랍니다…….』

『으으으으응~~~ 에에라이 쨩~~~.』

『저기, 끌어안으셔도 난처하답니다…….』

으으으으으으으으응??!!

: What?!

: 으엑?

: 무슨 일이 일어난 거야?!

: 뭔 전개야?!

: 이건 너무 예상 밖이다.

채팅창도 나도 놀란 나머지 뇌의 이해가 늦었다.

상황을 정리하자. 마피아를 계기로 친해져서 첫 콜라보, 게다가 오프 콜라보가 결정된 두 사람. 막상 방송이 시작되자, 어째선지 그 극도의 낯가림을 가진 샤미 쨩이 인사도 안 하고 에에라이 쨩한테 녹아내리는 목소리로 어리광을 피우고, 앵기고, 에에라이 쨩은 그것에 쓴웃음을 짓는 반응.

—아니아니, 정리를 해도 도무지 의미를 모르겠어!

위험해, 농담기를 쫙 빼고서도 혼란에 빠졌다. 그토록 안절부절하며 움직이던 몸도 우뚝 정지해 버렸다.

이윽고 찾아오는 것은 폭포처럼 몸에 흐르는 식은땀. 이불을 두르고 있었는데 불길한 예감이 몸의 중심에서 뿜어져 나와 오한이 멈추지 않는다.

나는 그 오한에서 도망치고자 하는 마음에 어떻게든 손을 움직여, 채팅을 쳤다.

:〈코코로네 아와유키〉: S○X했어?

『그건 절대 아니니까 안심해도 되는 거랍니다~.』

: 아와유키 쨩…….

: 마시던 물도 뿜게 만드는 얼음 타입 여자.

: 라프○스였구나.

: 뭐야, 안 한 건가…….

차분해진 에에라이 쨩의 태클에 조금 안심했지만, 그러면 샤미 쨩의 사람이 변한 것 같은 이 상황은 대체 어떻게 된 것인가 하는 최대의 의문은 남아 있다.

대체 무슨 일이 있었지……?

『앗, 아와유키 쨩! 있잖아, 들어봐! 나 말이야, 에에라이 쨩의 여자가 됐어!』

『샤미 선배?!』

이번에는 손이 어마어마한 속도로 움직였다. 그 모습은 마치 스마트폰 버전 섬광의 지압사(샤이닝 핑거)[#21] 같았다.

〈코코로네 아와유키〉: 모유 플레이 예약해도 될까요?

: 선견지명 그만 둬.

: 이미 임신했다는 전제하에 이야기하는 거 웃김ㅋㅋ

: 불꽃 스트레이트 다음은 변화구라니, 로비카스[#22]냐. 그립구만.

〈이로도리 마시로〉: 아와 쨩인지 슈와 쨩인지 모르겠지만, 일단은 진정해~ 진정해~.

"헉?!"

그, 그렇지. 오늘 나는 지켜보는 입장이었을 터! 어째서 취하지도 않은 상태인데 사고를 포기하고 섹드립을 치고

#21 샤이닝 핑거 게임 「슈타인즈 게이트」 시리즈의 등장인물, 키류 모에카. 낯가림이 심해 눈앞의 사람과도 휴대폰 메시지로 대화할 정도인데, 그녀의 매우 빠른 타자 속도를 본 주인공 오카베 린타로가 그녀에게 붙인 별명이다.

#22 로비카스 야후 키즈에 있었던 디즈니 야구 미니게임, 「곰돌이 푸의 홈런 더비!」에서 히든 보스로 나오는 크리스토퍼 로빈. 난도가 너무 높아서 쓰레기란 뜻의 카스를 붙여 로비카스라 불렸다.

만 거지, 나!

너무나도 예상 밖의 일이 일어나면 슈와의 인격으로 도망치는 버릇이 있다는 걸 최근에 간신히 스스로도 자각하기 시작했다. 조심해야 해.

〈마츠리야 히카리〉: 샤미 쨩, 에에라이 쨩의 여자가 됐어? 무슨 소리야?

아, 히카리 쨩도 있다. 3기생이 다 모였네. 역시 다들 샤미 쨩이 걱정됐구나.

『저기, 여자가 됐다 운운은 오해가 있다고 해야 할까요……. 샤미 선배, 여러분에게 경위를 제대로 설명해 주는 거랍니다~.』

『그렇네…… 계기는 다 같이 감금 마피아를 했을 때야.』

샤미 쨩은 마치 소중한 추억을 곱씹는 것처럼 말하기 시작했다.

『에에라이 쨩이랑 마피아가 돼서…… 결과적으로 져버렸지만, 에에라이 쨩이 이런 허당인 나한테도 소중한 동료라는 입장을 마지막의 마지막까지 유지해 준 게, 엄청 기뻤어.』

흐음, 여기까지는 완벽하게 이해할 수 있다. 이걸 계기로 샤미 쨩이 용기를 내서 오프 콜라보에 초대한 것에 감동했기에 나도 여기 있는 거다.

『그래서 말이야. 어째선지 그 마피아 콜라보 뒤에도 계속 에에라이 쨩을 생각하면 가슴의 고동이 멈추질 않았어.

처음에는 오프 콜라보의 긴장으로 가슴이 뛰는 건가 생각했는데…… 사실은 오늘 에에라이 쨩이랑 만났을 때 조금 트러블이 있어서, 그때 깨달아버렸어.』

『그, 그것도 얘기하는 건가요랍니다?』

『당연하지! 있잖아, 에에라이 쨩이 우리 집 장소를 모를 거라고 생각해서, 가장 가까운 역에서 만난 다음에 집으로 안내하게 됐었거든. 하지만 내가 늦으면 안 된다는 생각이 너무 커서, 예정 시각보다도 상당히 일찍 도착해 버렸지 뭐야. 그래서 역 앞에 멍하니 서서 기다렸는데…… 한가한 거라고 생각했는지 남자들이 헌팅을 해서…….』

아아아…… 엄청 선명하게 광경이 머리에 떠오르네……. 샤미 쨩 언뜻 어른스럽게 보이면서 상당히 빈틈투성이니까 헌팅 말고도 누가 말을 거는 일이 많을 것 같아.

『평소의 나라면 그럴 때 전력으로 달려서 도망치는데, 그때는 에에라이 쨩이 곧 도착할 테니까 그 자리에서 벗어날 수가 없어서, 나 완전히 혼란에 빠진 나머지 허둥대고 또 허둥대고 그래서……. 남자도 그걸 보고 밀어붙이면 될 것 같다고 느꼈는지 더 팍팍 밀어붙여서, 머릿속이 새하얗게 돼버렸어.』

『저, 저기~. 이제 대략 마무리를 상상할 수 있는 분이 태반이라고 생각하니까 그만하면 되지 않을까요랍니다~?』

『무슨 말이야. 여기서부터가 본론이잖아! 다들 들어봐,

응? 그때 말이야, 여성 한 명이 스윽 다가와서, 내 손을 끌고 몸을 품에 끌어안으면서 말한 거야—』

『앗, 앗, 네네네네네놈들, 모두 귀를 잘라내라! 번장의 명령이다아아아아!』

『「미안한데, 얘는 내 여자다」라고 했어!』

『아아아아아아아아아아—!! 말 안 했어! 그런 징그러울 정도로 멋진 목소리로 말 안 했어!』

『말했어! 구태여 말하면 지금보다 몇천 배나 멋있었는걸!』

아하, 아하. 그러니까 이런 거군?

〈코코로네 아와유키〉: 저랑 스○○로의 만남과 비슷한 거군요!

: ??

〈이로도리 마시로〉: 뭐?

: 너는 스○○로 주제에 주변을 얼려버리면 어쩌자는 거야.

: 스○○로 주제에, 라는 건 뭐냐ㅋㅋ

: 에에라이 쨩에게서 살짝 번장이 튀어나온 거 빵 터졌다.

〈코코로네 아와유키〉: 오늘은 술 안 마셨는데…….

: 안 마셨어도 그 발언이 위험하단 말이다아

『정말로, 그때 깨달았어. 내 가슴이 두근거리는 건 에에라이 쨩의 여자가 되고 싶었기 때문이라고.』

『지금 생각하면 역에서 기다리기로 한 게 최대의 실수…… 위치 정보를 보내 달라고 해서 어떻게든 했다면 이렇게까지 샤미 선배가 이상해지는 일은 없었을지도 모르는 거랍니다…….』

『우후후, 에에라이 쨩이 헌팅에서 구해준 게 나라니, 분명히 이건 운명이야.』

『아니아니, 만나기로 한 장소에서 일어난 일이고, 그렇게 허둥거리는 사람은 샤미 선배 정도밖에 없을 테니까 한 눈에 알아본 거랍니다…….』

『으으으응~ 꼬오오오오오오옥!!』

『누, 누가 도와줘랍니다~.』

: 귀엽다.

: 쉽게 넘어가는 샤미쨔마.

: 아니, 이건 번장이 너무 멋진 것뿐이야.

: 실제로 같은 상황이면 반할 생각밖에 안 들 것 같아.

〈마츠리야 히카리〉: 그러니까 그거네! 더 친해졌다는 거구나!

『그런 거야~.』

『아니아니, 그렇다고 해도 거리감이 너무 고장 난 거랍니다! 낯가리는 사람이 오프라인 첫 대면에서 할 거리감이 아닌 거랍니다~!』

『분명히 그건 그렇네……. 어째선지, 에에라이 쨩이라면 받아줄 것 같은 안심감이 있어. 그러니까 평소에 사람과 닿지 못해서 쌓인 사람에 대한 그리움이 폭발한 걸지도 몰라.』

『그러니까 쉽다는 소리를 듣는 거랍니다~.』

『……끌어안으면 안 돼?』

『으윽…… 그런 눈으로 보셔도…… 뭐, 끌어안는 것 정도라면 괜찮은 거랍니다.』

『야호오!』

: 궁합이 좋았던 건가.

: 에에라이 쨩 번장이라 그런지 그릇이 크니까.

: 에에라이 쨩의 카리스마가 폭로되고 있어서 기쁘다.

: 번장은 장래에 칼 맞을 것 같다, 여러 가지 의미로.

〈코코로네 아와유키〉: 결혼한 거냐? 나 말고 딴 놈이랑…….

〈이로도리 마시로〉: 아와 쨩은 처음에는 안심감이 있지만 점점 몸의 위험이 느껴지니까 그런 거 아냐?

〈코코로네 아와유키〉: 너무해!

『저기 말이죠. 샤미 선배가 멋대로 하는 말이고 저는 결혼 이전에 연인이라고 생각하지도 않는 거랍니다!』

『응응. 그래도 괜찮아. 나는 에에라이 쨩의 조직원이나 측근이나 마이크 같은 그런 위치라도 괜찮아.』

『또 이상한 소리를 하고 있어……. 마이크는 본격적으로 의미를 알 수가 없고…… 정말~! 서론이 길어요! 이제 그만 본론인 ASMR 방송을 시작하는 거랍니다~!』

그렇게 말하며 억지로 대화의 흐름을 바꾸는 에에라이 쨩.

하지만…… 이런 상황에서 제대로 된 방송을 할 수 있는 걸까……?

『자, 챠미 선배! 오늘은 ASMR을 가르쳐준다고 했잖아요랍니다! 계속 끌어안고 있지 말고 준비를 하는 거랍니다~.』

『우우우…… 준비하면 칭찬해 줄 거야?』

『그럼요. 한껏 칭찬을 해드리는 거랍니다~. 그러니까 지금은 참는 거랍니다~.』

『네에……. 그러면 기재 가져올게.』

내 걱정과 달리 말로 잘 구슬려서 챠미 쨩을 컨트롤하는 에에라이 쨩, 역시 대응력이 좋다.

챠미 쨩, 지금이라면 아직 제대로 된 방송으로 돌아갈 수 있어! 정신 차려라!

: 완전히 선배 후배 역전이잖아.

: 챠미 쨩은 초등학생이라도 선배가 어울릴 것 같네.

〈마츠리야 히카리〉: 좋은 타이밍이니까 나도 화장실에 렛츠고~!

: 다녀와~.

: 나도 화장실 갈까~.

: 다녀와~.

: 그러면 나는 한 발 뽑고 올까.

: 다녀 와~는 무슨! 시끄러워!

〈이로도리 마시로〉: 아와 쨩, 때로는 자중도 중요한 거야.

〈코코로네 아와유키〉: 어째서 나야?!

: 아와유키여, 주정뱅이는 묵묵히 화장실에 다녀오려무나.

〈코코로네 아와유키〉: 그러니까 왜 내가 잘못한 것처럼 된 건데요?! 그리고 안 취했거든!

『오늘은 말이죠~, 굉장히 본격적인 ASMR용 마이크를 소개할 예정인 거랍니다~! 무려, 더미 헤드라는 건데, 형상이 사람의 머리 부분을 통째로 모방한 새까만 모형으로 되어 있어서, 그 귀에 마이크가 달려 있다고 하는 거랍니다~! 사람의 귓가에 말을 거는 요령으로 현장감이 있는 ASMR을 할 수 있다고 해요! 이런 것까지 집에 있다니, 샤미 선배의 소리에 대한 고집은 프로페셔널하답니다~!』

아~, 분명히 전에 샤미 쨩 집에 실례해서 컬렉션을 구경할 때 그런 게 있었지.

좋아좋아좋아. 여기서부터 ASMR의 극치를 에에라이 쨩에게 전수해 주는 흐름을 만들면, 기획이 망하지 않고 갈 수 있어! 자, 개막의 흐름을 끊는 거다, 샤미 쨩이여!

『앗, 돌아온 거랍니다~, 샤미 쨩 선배 어서오…….』

『하여아어에에아이앙(다녀왔어 에에라이 쨩)! 후히하키하헤해아어(준비 확실하게 해왔어)!』

『…………………….』

『아에에아이앙(자, 에에라이 쨩!) 이이이크에아이으아코항이허으호하여허(이 마이크에 당신의 달콤한 미성을 속삭여 줘)!』

『스읍…………』

타박타박 발소리와 함께 돌아온 챠미 짱.

그런데 어째선지 들린 목소리가, 평소 라이버 굴지의 미성과 음향 환경이 어우러진 천상의 목소리와는 정반대다. 마치 입을 뭔가로 막고 있는 것 같은, 무슨 말을 하는 건지 알아듣기도 어려울 만큼 먹먹한 목소리였다.

바로 옆에 있으니까 무슨 일이 일어났는지 알고 있을 에에라이 쨩도 아무 말을 안 한다. 숨을 삼키는 소리만 난다.

그러나 라이브온의 카오스한 환경에 1년 가까이 소속되어, 몸도 마음도 오염되어 버린 나는 이 적은 정보의 힌트로도 챠미 쨩이 어떤 상황인지 예상하고 말았다.

그래. 『할 수 있었다』가 아니라, 『하고 말았다』.

챠미 쨩…… 아아…… 그런…… 챠미 쨩…….

『에크애에에아이항(왜 그래? 에에라이 쨩)! 어은이아이크에(얼른 이 마이크에)! 이푸이하흐아크제오어이에어(입술이 닿을 만큼 제로 거리에서)! 으오그이옹카이앙엉아크호히으에어하카어(그 목의 진동과 입 안 점막의 소리를 때려 박아줘)!』

『……어~ 여러분, 질문을 하고 싶은 게 있는 거랍니다~.』

『하아! 하아! 하아! 하아!』

『마이크를 가지러 간 선배가, 갑자기 머리에 검은 스타킹을 쓰고서 가쁜 호흡을 하는 변태가 되어서 돌아왔을 때 어떡하는 게 정답일까라는 거랍니다~?』

챠미 쨔아아아아아아아아앙—!!!!

: 빵 터졌다.

: 챠미 쨩 스스로가 마이크가 되는 것이다.

: 그런 거였냐ㅋㅋㅋ

: 그렇게까지 해서 욕망을 이루고 싶은 거냐!

: 일단 뒤통수에 태클을 때려 넣으면 되지 않을까ㅋㅋ

아, 정말 이 바보! 어째서 얘는 방송을 바로 잡아야 할 중요한 때 욕망으로 질주해 버리는 거야! 머리에 검은 스타킹을 뒤집어써도 더미 헤드 마이크로 착각할 리가 없잖아!

『자~ 챠미 선배! 바보 같은 짓 하지 말고 마이크 준비! 얼른 그 스타킹을 벗는 거랍니다~!』

『~~후우우우우우~~!! 에에아이앙흐하히아키히하(에에라이 쨩 스타킹 당기지 마)! 어이하허(머리 빠져)! 우크히하히항이 해어버어(윳쿠리[#23] 챠미 쨩이 되어버려)!』

〈마츠리야 히카리〉: 재밌겠다! 나도 스타킹 뒤집어쓰고 챠미 쨩이랑 당기기 하고 싶어!

〈이로도리 마시로〉: 그건 본격적인 코미디 프로그램에서 하는 거야.

: V계의 바닥을 계속 갱신하는 사무소.

: 프로페셔널은 프로페셔널이라도 개그 방면이었을 줄이야.

#23 윳쿠리 게임 「동방프로젝트」 시리즈의 유명 2차 창작 캐릭터. 주요 캐릭터인 마리사와 레이무의 머리 부분만 동그랗게 데포르메된 것이 특징. 「느긋하게 보내!」라는 대사가 유명하며, 각종 실황, 설명 영상 등에 사용된다.

쑤욱!

『후아, 벗겨졌다. 정말 챠미 선배! 반성하세요!』

『하아…… 하아…… 에, 에에라이 쨩.』

『응? 왜 그러는 거랍니다?』

『여, 열심히 했으니까 칭찬해 줘.』

『조져뿐다?』

『아아아아아아아아아―!!! 지금 그 날선 목소리 좋아!! 귓가에 한 번 더 말해줘!!』

『이 자슥, 위험하구만……. 이제 돌아가고 싶은 거랍니다……. 자! 얼른 마이크 가져오는 거랍니다! 아니 이렇게 되면 저도 같이 가는 거랍니다!』

어떻게든 기획을 진행시키려고 챠미 쨩과 함께 페이드아웃하는 에에라이 쨩.

조용해진 방송을 켜놓고, 나는 천장을 올려다보며 상쾌한 웃음을 지었다.

아아― 이 방송은 이미 글렀어!

『어, 이거 이미 ASMR이 되고 있는 건가요랍니다?』

『그래. 이미 되고 있어. 평소처럼 말하면 시청자들의 귀가 아플지도 모르니까, 작게 속삭이는 소리로 말해야 해.』

때때로 폭주할 것 같은 챠미 쨩을 어떻게든 에에라이 쨩이 억눌러준 덕분에, 드디어 마이크 설정까지 완료한 모양이다. 귀에는 ASMR의 독특하고 섬세한 음질로 목소리와 환경음이 들린다.

평소라면 이런 ASMR 마이크는 눈을 감고서 릴랙스하면서 듣는데, 이 방송은 일체 방심할 수 없다. 어째서냐 하면…….

『아~, 아~, 들리는 건가요랍니다~? 에에라이 원장이랍니다~.』

『아아아아아아아아아들린다!! 고막을 통과해 뇌내의 중추신경까지 엄청나게 들리고 있어어어어어어어어어어—!!!!』

『시끄럽다 이 자슥아아아~! 방금 자기가 한 말을 떠올려 보는 거랍니다~!!』

이런 일이 있기 때문이지.

지금 챠미 쨩은 에에라이 쨩에 대한 사랑?으로 완전히 맹목 상태. 하는 일마다 모조리 예상 불가능한 변태 소리 페티쉬 허당바보여자다. 언제나 방송 화면을 응시하며, 온갖 기행을 상정해야 한다.

: 귀가 아파졌습니다. 실천해 주셔서 감사합니다.

〈마츠리야 히카리〉: 깜짝 놀랐어…… 청각에 대한 공격이라니, 챠미 쨩 제법이네! 멋지다!

: 챠미 쨩의 목소리에도 쫄았지만 번장의 속삭이는 소리에도 쫄았다……. 등에 칼 맞는 게 아닌가 싶었어.

: 등골이 오싹오싹 ASMR(공포)에 빵 터졌다.

: 치유계의 목소리인 게 반대로 무서워…… 챠미 짱, 구해줘서 고마워…….

『어째서 채팅창은 이렇게 챠미 짱 편이 많은 건지 알 수가 없는 거랍니다~.』

『하아…… 하아…… 에에라이 짱이 나쁜 거야. 그런 야한 목소리로 유혹하니까…… 덮칠게.』

『저 이래 봬도 상당히 육탄전에 자신이 있습니다만, 그래도 하는 건가요랍니다?』

『그건 다시 말해서 덮쳐준다는 거지? 말로 공격하는 것도 넉넉하게 부탁해!』

『라멘 가게 주문이냐……. 이제 이 녀석 입을 테이프로 막아버리고 싶은 거랍니다~!』

: 그래그래! 번장은 불량하지만 나쁘지는 않아!

: 3대 원작에서 말 안 하는 대사 중 하나군.

: 에에라이 짱 육탄전 강한 건 완전 해석일치야ㅋㅋ.

: 아마 호신술 같은 게 아니라 싸움판 기술이겠지.

: 전자레인지에 상대방 안면을 꽂아넣을 것 같은걸.

『아뿔싸. 태클을 거는데 정신이 팔리지 말고, 제가 기획을 진행해야 하는 거였지랍니다…… 그러니까, 처음에는 씹는 소리를 해보는 거랍니다~! 챠미 선배! 준비하는 거랍니다~!』

『맡겨둬! 딱 맞는 음식을 골랐어! 금방 가져올게!』

『이럴 때만 재빨리 움직이니까 난처한 거랍니다~.』

씹는 소리라. 그러고 보니 챠미 쨩이 가~끔 하는 걸 들은 적이 있을지도 몰라.

먹는 소리가 ASMR 마이크에 포착되면 꽤 센시티브하게 들리기도 한단 말이지.

보통은 듣고 있으면 두근두근할 텐데…… 신기하게도 불길한 예감만 든다.

『다녀왔어! 가져왔어! 자, 미타라시 경단이야!』

『호에~, 그렇군요! 분명히 이건 좋은 소리가 날 것 같은 거랍니다~!』

『이걸 마이크 가까이에서, 잘 씹어서 먹어봐!』

『네인 거랍니다! 그러면 잘 먹겠습니다~.』

에에라이 쨩이 경단을 입에 넣고 씹자, 뭐라 형용키 어렵지만 무심코 얼굴이 빨개질 것 같은 소리가 들렸다.

이 정도로 소리를 포착하는 마이크라면, 매너 좋게 소리를 안 내는 사람의 씹는 소리도 가차 없이 포착한단 말이지.

드디어 ASMR다운 방송을 볼 수 있어서 감동하고 있었는데, 여기서 또다시 마수가 뻗었다…….

『하아! 하아! 추릅! 아하아아아아아……! 하아! 하아! 참을 수 없어!』

:〈코코로네 아와유키〉: 야, 거기 성벽 홀라당 바보 여자! 닥쳐! 에에라이 쨩의 저작음이 안 들리잖아!

〈이로도리 마시로〉: 빡친 자칭 청초 서브컬처 변태 여자, 무서워.

: 동기간에 가차 없는 매도가 날아다닌다!

: ASMR인데 닥치래. 미치겠다ㅋ

: 챠미 쨩「참을 수 없어!」라고 말하는 거 좋아하네.

쓸데없이 들리는 거친 호흡의 변태 소리에 빨갰던 얼굴이 휘리릭 바뀌어 파래지고, 황급히 채팅을 치고 말았다.

ASMR을 가르치는 입장이 방해를 해서 어쩌라고…….

『그, 그렇네. 아와유키 쨩. 에에라이 쨩의 씹는 소리에 잡음이 들어가는 건 나도 싫으니까, 입을 손으로 막고 전력으로 참을게! 에에라이 쨩, 한 번 더 부탁해!』

『알겠어요랍니다~! 냐암, 우물우물…….』

『—!』

『……으응, 이거 어쩐지…… 꽤 창피한 거랍니다………….
자! 자 먹은 거랍니다~! 이제 손을 떼도 괜찮은 거랍니다~.』

『하아…… 하아…… 하아…… 하아…… 있지, 에에라이 쨩.』

『응? 왜 그러시죠인 거랍니다~?』

『…………할래?♥』

『안 하거든?! 후배가 경단 먹는 걸 보고 욕정하지 마라, 이 자슥아아아!!』

『아, 클리퍼들! 무한 반복해서 잔뜩 듣고 싶으니까 방금 에에라이 쨩이 경단 씹는 소리 클립으로 만들어줘!』

『아앙?!』

: 맡겨둬.

: 수주 생산이라니ㅋㅋㅋ

〈마츠리야 히카리〉: 먹는 소리가 좋아? 어째서?

〈이로도리 마시로〉: 맛있게 먹는 걸 보고 있으면 이쪽도 기뻐지잖아? 그런 거야.

〈마츠리야 히카리〉: 그렇구나!

: 마시롱 나이스.

: 최근 마시롱이 3기생의 보호자가 되고 있다…….

: 마시롱 마마?! 나야! 맘마주떼여!

: 마마 마시롱! 마마마마마마시롱! 마마마마마마마마마마

그리고 씹는 소리 다음은 심박음으로 가는데—.

『그러니까. 에에라이 쨩. 가볍게 옷을 풀고, 가슴팍을 마이크에 대볼래?』

『옷을 풀고서?! 어, 가슴을 대기만 하는 거 아닌가요랍니다?! 방송의 흐름으로 어딜 옷을 벗기려 하는 건가요, 이 변태 선배!』

『있잖아. 옷이랑 같이 대버리면 천이 스치는 잡음이 들어가기도 하거든. 딱히 다 드러내라는 게 아니고 가볍게 앞을 풀기만 해도 돼. 나는 눈을 감고 있을 테니까, 응?』

『거짓말…… 같은 건 아닌 모양이랍니다.』

『에에라이 쨩의 가슴을 보고 싶은지 아닌지 물어보면 보

고 싶지만, 그 이상으로 나는 심장 소리를! 에에라이 쨩이 살아있는 증거를 듣고 싶어!!』

『눈이 충혈되어 있어서 무서운 거랍니다…… 이것이 목소리 페티쉬, 아니 소리 페티쉬 진심 세력인가…….』

『자 얼르은! 얼른 에에라이 쨩의 가장 소중한 소리를 들려줘.』

『어, 징그러.』

에에라이 쨩은 불평을 하면서도, 하기로 결심한 모양이다. 부스럭거리는 소리가 들렸다.

이것만큼은 챠미 쨩 나이스라고 생각한 건 비밀이다.

『그러면…… 대는 거랍니다.』

『그래, 부탁해.』

조금 말이 없어진 다음, 여태까지 에에라이 쨩의 목소리가 들리던 왼쪽 귀에 두근, 두근, 저음의 타악기가 내는 것 같은 먹먹한 소리가 들렸다. 조용한 소리라고 할 수는 없는데 이상하게 차분해지는 건 사람의 본능 탓일까?

페이스는…… 조금 빠르네.

『우와앗, 고동이 빠른 거 부끄러운 거랍니다…… 익숙하지 않아서 긴장한 걸까…….』

『아~ 좋아…… 에에라이 쨩의 심장, 열심히 혈액을 퓻퓻하는 게 귀여워어…….』

『읏?! 반응이 완전히 사이코패스 같아서 심장이 멎는 줄 알았던 거랍니다!』

: 심박음이 총성 같은 게 아니라 다행이군. 번장도 인간이 맞긴 하군.

: 몸속에서 항쟁이 나고 있다고 태클을 준비했었는데 못 써서 유감.

: 일하는 세포가 아니라 싸우는 세포 ¥10,000

: 적혈구랑 백혈구가 언제나 사투를 벌일 것 같다.

: 적팀 아카구미랑 백팀 시로구미냐, 운동회해?

: 두 가지 의미로 피의 운동회인 거지.

: 다들 원장을 인간이라고 생각 안 하는 거에 빵 터지네.

: 나는 공포의 개념이라고 생각한다.

: 챠미 쨩의 사이코패스 발언 뒤에, 정말로 한순간 심장 멎은 다음 고동이 빨라진 거 진짜 웃겼어.

: 동족을 발견하고 두근, 한 거겠지.

: 하지만 솔직히 진정되네. 번장이라고 해도 역시 에에라이 쨩에게는 마마다움을 느껴.

: 나는 그 소 같은 커다란 가슴에 대고 있다고 생각하니 흥분되는데.

: 그 가슴 사이즈로 이렇게 큰 소리가 나다니. 마시로 쨩이면 더 확실히 들리나?

〈이로도리 마시로〉: 뭐? 너 이름 기억했어.

〈코코로네 아와유키〉: 마시롱, 진정해요…….

〈마츠리야 히카리〉: 심박음에 맞춰서 팔굽혀펴기 해야지~!

: 채팅과 방송에서 제각각 지옥을 만들지 마ㅋㅋ

『이, 이제 된 거죠? 창피하니까 이걸로 끝인 거랍니다!』

『아아, 그럴 수가?! 앞으로 100년 정도 듣고 싶었는데!!』

『중간에 심장이 멎겠다고!! 아아 정말! 어쩐지 저만 창피한 꼴을 당하는 거 불평등한 거랍니다! 샤미 선배도 해야 한다고 생각하는 거랍니다!』

『에엑? 나도 하는 거야?』

『선배 되는 자로서, 후배에게 본보기를 보여야 한다고 생각하는 거랍니다~.』

『뭐, 괜찮은데…… 하지만, 지금은 조금 위험할지도 모르는데?』

『위험? 어떻게 된 거랍니다?』

질문에 답하지 않고, 익숙한 손놀림으로 가슴에 마이크를 댈 준비를 하는 샤미 쨩.

그리고 오른쪽 귀에 심박음이 들렸는데…….

두두두두두두두두두두두두두두두두두!!!!!!

『그치?』

『어엇, 혹시 심장에 Y*SHIKI[#24]가 사는 건가?』

"푸흡?!"

더블 베이스 드럼처럼 고속 템포로 들리는 심박음과 에

#24 Y*SHIKI 일본의 록밴드 X JAPAN의 리더이자, 드러머.

에라이 쨩의 말꼬리를 까먹은 진심 태클에 뿜어 버렸다.

: 빵 터졌다 진짜 ¥20,000

: 번장은 * JAPAN도 좋아한다, 메모메모.

: 동물원 원장이라면 햄스터의 심장 소리 같다고 말해야지…….

: 라이브에서 엄청 헤드뱅잉 할 것 같아.

: 이쯤 되면 ASMR을 들으러 온 시청자한테 사과하자.

: 역시 보이스 S○X 일루저니스트로야. 마이스터는 맛이 달라.

〈마츠리야 히카리〉: 으아아아아아, 팔이이이이이이이?!?!

어, 이거 진짜 괜찮나?! 샤미 쨩, 가버리는 거 아냐?!

『에에라이 쨩의 심장 소리에 너무 흥분해 버렸어. 지금 엄청 토할 것 같아.』

『지지지지지지진정하는 거랍니다, 샤미 선배! 방송 중에 토하면 아와유키 선배가 되어버리는 거랍니다! 그렇지, 심호흡! 천천히 들이쉬고~, 천천히 내쉬고~.』

:〈코코로네 아와유키〉: 아와유키 선배가…… 되어버려? 되어버려…….

〈이로도리 마시로〉: 힘내라ㅋ

〈마츠리야 히카리〉: 다 불태웠어…… 새하얗게…….

〈코코로네 아와유키〉: 이 자식이……. 그리고 히카리 쨩은 아까부터 뭐하니……?

: 역시 라이브온이군.

이제 ASMR이라기보다 ASMR계 꽁트의 양상을 띠고 있는 이 방송.

이 뒤로도 하염없이 샤미 짱이 날뛰면서 시청자와 에에라이 짱을 휘둘렀다.

『이, 이걸로 예정한 내용은 모두 종료, 이제는 방송을 마무리하기만 하면 되는 거랍니다……. 이렇게 힘들었던 방송은 처음일지도 모르는 거랍니다~!』

『연장 부탁할게! 번장이니까!』

『……더 이상 샤미 선배가 창피를 거듭하기 전에 끝내는 게 좋을 것 같은 거랍니다~.』

『응? 지금 그거 재밌었지! 칭찬해 줘, 칭찬!』

『전~혀 재미있지 않았으니 안 되는 거랍니다~.』

아무래도 이걸로 방송이 끝나는 흐름인가 보다.

이 방송에서, 역시 인상 깊었던 건 지금까지 본 적이 없을 만큼 시종 하이 텐션이었던 샤미짱일 것이다.

사전에 소리나 목소리 페티쉬라는 성벽을 파악하지 못했다면, 너 누구냐 레벨이라고 할 수도 있었어.

초반의 내 심경은, 갑작스러운 샤미 짱의 폭주에 위기감 같은 조바심을 느꼈다. 그러나 방송이 진행되면서 어쩐지 흐뭇함을 느끼는 신비로운 감정으로 변했다.

그 샤미 짱이, 자신의 낯가림과 허당짓을 신경 쓰지 않고 하염없이 눈앞의 에에라이 쨩에게 열중하는 모습이, 어쩐지 신선하지만 동시에 챠미 쨩다운 느낌이라 이 또한 챠미 쨩이라고 생각하게 된 거지.

후반은 나도 일개 시청자로서 채팅창에 참가하면서 즐겼다.

방송 전엔 아이의 운동회를 지켜보는 부모 같은 기분이었다. 이 흐뭇함은 운동회에서 너무 들뜨면서도 즐거워하는 아이를 봤을 때, 곤란한 애라니까 하고 생각하는 표정을 겉으로 보이면서도 내심 기쁨이 흘러넘치는, 그런 심경일지도 몰라.

『저기~ 방송 끝내는 거 싫어어~! 더 에에라이 쨩의 여러 소리 들려줘~!!』

『앗, 이놈~! 배에 달라붙는 건 그만두는 거랍니다~! 괴, 괴로워…….』

『우히히, 에에라이 쨩의 뱃속 소리가 들려…… 차, 참을 수 없어!』

『이놈! 그게 진짜 목적이냐! 정말로, 이건 혼내줘야겠어랍니다!』

『으에에에에엑?! 에에라이 쨩, 항복! 항복!』

『그래요 그래. 정말, 제대로 반성을 한 건가요랍니다?』

『하아, 하아, 아, 안 했어!』

『네?』

『항복이라고는 했지만, 에에라이 쨩한테 조르기당하는 건 조금 기분 좋았어! 더 혼내줘!』

『이번에는 M이 됐나요. 더 이상 속성을 늘리면 시청자들도 당혹하는 거랍니다~.』

또 꽁냥대나? 계속해서 장난을 치는 두 사람.

아무래도 챠미 쨩이 눈에 띄는 방송이었지만, 에에라이 쨩의 활약도 잊으면 안 된다.

에에라이 쨩이 나오는 방송을 볼 때마다 생각하는데, 이 애는 방송인으로서의 스킬이 천재적이야.

초반에는 나랑 마찬가지로 예측 불가능인 챠미 쨩에게 당혹했지만, 시간이 지나면서 예측 불가능한 것을 전제로 두고서, 본래의 보통 ASMR 방송 예정에서 코미디 요소가 강해지도록 방송의 방향성을 틀고, 폭주하는 챠미 쨩의 재미를 끌어내면서 자신은 태클과 진행에 전념했다.

종반에는 그 Y*SHIKI 등의 태클에도 날카로움이 늘어나고, 이 상황에서도 어쩐지 여유마저 느껴지는 압권의 진행이었다. 지금은 이 상태의 챠미 쨩을 컨트롤하고 있는 것이 무시무시해.

주시하지 않으면 보이지 않는 부분이지만, 같은 방송인으로서는 존경스럽다는 말밖에 안 나와.

4기생 사이에서도 수습하는 포지션이 되가고 있는 것 같고, 앞으로도 여러모로 중용되는 애일 거야.

분명히 마피아를 통해서 이런 부분을 가장 먼저 깨달았기 때문에, 챠미 쨩이 이렇게까지 끌린 거겠지. 동료를 생각하는 마음과 포용력이 있고 멋지다니 반칙이잖아. 에에라이 쨩은 알면 알수록 매력을 알 수 있는 타입의 라이버다.

게다가 번장 소재로 원장 캐릭터를 깨뜨려서 웃음을 유도하고 있다. 장래에 번장으로 각성시킨 건 나라고 자랑해 줘야지.

에에라이 쨩은 내가 부쉈다!!

『새삼스럽지만요. 이걸로 방송을 마치게 되는 거랍니다! 그런데! 저는 이제부터 챠미 선배의 집에서 하룻밤 묵을 예정이랍니다~! ……역시 돌아가면 안 될까요랍니다?』

『안 돼! 에에라이 쨩과 나는 이제부터 같이 목욕하고 같이 자는 거야! 사랑의 깊이를 더하는 거야! 서로 귀를 개발하는 거야!』

『얼른 자고 내일 아침에 곧장 돌아갈 거라 생각하는 거랍니다~』

『우후훗, 오늘 밤은 재우지 않을 거야? 나를 재워줄 때까지는!』

『라이브온에 있으면, 인간도 동물의 일종과 다를 바 없다는 걸 잘 알 수 있어서 흥미로운 거랍니다~. 그러면, 또 만나요! 바이바이랍니다~!』

『빠이빵빵~!』

『챠미 선배, 지금 이다음에 목욕 생각을 하고 있군요?』

: 빠이빵빵~!

: 다음 방송에서 마구 놀림 받는 챠미 쨩이 보인다. 보인다!

: 어쨌거나 챠미 쨩도 귀엽다니까.

: 둘 다 알맹이랑 외모의 갭이 너무 많아서 아바타가 반대인 편이 딱 맞는 것 같아서 꿀잼이다.

: 번장, 몸 조심해…….

낯을 가리든 아니든, 사람과의 거리감이 고장 난 챠미 쨩인 것이다.

앞으로 두 사람의 관계 변화에도 주목하고 싶은걸!

막간 마츠리야 히카리의 카스텔라 답변

"콘피카~! 축제의 빛은 인간 호이호이, 마츠리야 히카리입니다~! 오늘은 말이야, 우선 카스텔라 답변을 할 거야!"

: 콘피카!

: 텐션 높아?!

: 처음 오셨나? 히카리 쨩은 늘 이렇다네.

잘 울리는 발랄한 목소리, 첫 한 마디로서 완벽한 인사로 방송 시작을 고한 것은 라이브온 3기생의 마츠리야 히카리다.

그녀를 한마디로 표현한다면, 이름 그대로의 인물이다. 매일매일이 축제 같은 텐션으로 방송을 띄우고, 그것은 전염되는 것처럼 보는 시청자의 기분까지 띄워 버린다.

이것은 언뜻 방송인으로서 평범한 일처럼 보이지만, 실제로는 대단히 어려운 일이다. 겉으로 꾸미기만 해서는 금방 탄로 난다. 앞뒤가 없는 성격에 대단히 노력가인 그녀이기에 통하는 방송 스타일이라고 할 수 있을 것이다.

여기까지 들으면 크레이지 걸들이 모여 있는 라이브온답지 않은 건전한 라이버처럼 보인다. 그래서 다시 한번 자세하게 그녀를 해설해 보자.

그녀는 앞뒤가 없는 성격이며, 노력가이며 노력가이며 노

력가이며 노력가이며 노력가이며 노력가이며 노력가이며 노력가노력가노력가노력가노력가노력가노력가인 것이다.

여기는 라이브온이다. 틀림없다.

@뛰루루루三ㄴ(ㄱ 卍^o^)卍이얏호오오오호오오!!!!!!!!!!!!d=(^o^)=b라고 말해줘!@

"뛰루루루三ㄴ(ㄱ 卍^o^)卍이얏호오오오호오오!!!!!!!!!!!!d=(^o^)=b ……어, 이것만 하면 돼?"

: 진짜냐아아아아아아!!!!

: 그거, 발음이 가능했던 거냐…….

: 이것만 하면 돼?(역전의 강자)

: d=(^o^)=b ←여기 좋아.

@마피아 때 어떻게 챠미 쨩이 있는 걸 알았는지 신경 쓰여@

"으음~? 이것도 신기한 카스텔라네? 왜냐하면 챠미 쨩, 거기 있었잖아?"

: 완전 무자각 최강캐네.

: 맹한 것 같지만 중요한 건 잘 보고 있다구.

: 안 보이는 챠미 쨩이 이상한 거지.

@라이브온에서 동거하고 싶은 라이버를 한 명 고른다면 누구인가요?@

"동거라면, 같이 산다는 거지! 요전에 배웠어! 어디~ 누굴까. 다들 재밌을 것 같으니까, 잠깐 생각해 볼게……."

: 동거의 의미를 이해하는 것 같지만 못 했을 것 같다.

: 건전한 애니까…….

: 이거 실질적으로 트롤리 딜레마잖아 ¥1,220

: ㄹㅇㅋㅋ

“그렇지! 1기생부터 순서대로 상상해 보자! 그게, 그러면 일단 하레루 선배네. 하레루 선배랑 동거…… 엄청 재밌겠다!”

: 좋지 않을까?

: 꽤 마음 맞을 것 같다.

: 하레룽의 의미불명을 자연스럽게 받아들일 것 같으니까, 히카리 쨩은.

: 하지만 대선배니까 신경 쓰이지 않나?

“아~ 마음이 맞는 건 있을 거야. ……뭐 일단 다음 가보자! 다음은 2기생이니까 세이 님부터!”

: 안 된다.

: 죽음이로다.

: 절대 안 돼.

: 악마의 선택.

: 애당초 여친 있으니까.

“이잉~ 어째서~? 세이 님은 유쾌한 사람이라고 생각하는데. 무슨 말을 하는지 모를 때가 자주 있지만……. 하지만 시온 선배가 있으니까 역시 안 되려나. 역시 이 두 사람이 동거해야겠지! 그러면, 2기생은 네코마 선배가 좋을까? 네코마 선배는 히카리가 모르는 갓겜을 잔뜩 알고 있으니까! 동거하면 재밌을 거야!"

: 갓겜……?

: 고행을 좋아하는 히카리 쨩이라면, 그건 갓겜이 되는 거구나…….

: 네코마~는 당첨 아냐?

: 네코마~가 내놓는 똥망겜을 히카리 쨩이 진심으로 즐기고 네코마~가 당혹하는 전개를 매일 반복할 것 같다 ¥5,000

: 뭔가 귀엽잖아.

: 전에 네코마~가 히카리 쨩한테 똥망 영화를 명작으로 소개하는 몰카 걸었을 때 반격? 당했었지.

: 신기한 일체감이 생길 것 같아.

"다음은 3기생, 동기들이네! 정말로, 동기들은 아주 좋아하니까 다들 오케이야!"

: 잠깐, 한 명은 안 돼.

: 스○○로의 존재를 잊고 계십니다.

: 그 녀석도 죽음이로다.

: 여친도 없으니까 제일 위험할 정도지.

: 슈와 쨩을 위험인물 취급하지 마ㅋㅋㅋ

"맞아맞아! 아와유키 쨩은 엄청 좋은 애거든! 요전에 데이트할 때도 아무 짓도 안 했어! 나쁘게 말하면 히카리가 용서 안 한다~!"

: 정말로 아무 짓도 안 했어? 정말로?

: 무자각 시추에이션을 이용해서 이것저것 했을 것 같은데.

: 조교를 할 것 같단 말이지.

“조교라니…… 말한테 하는 그거? 아와유키 짱은 그런 거 안 하거든! 동거하면 같이 술을 마실 수 있으니까 분명히 즐거울 거야!”

: 아니, 그게 아니고…… 아냐, 됐어.

: 자, 슈와 짱은 이 신뢰를 끝까지 지켜낼 수 있는가?

: 다른 두 명은 안심할 수 있는데 말이야 ㅋㅋㅋ

“3기생은 아주 날마다 돌아가며 살고 싶어! 마지막으로 4기생인데…… 으응~? 잘 상상이 안 된다고 할까? 미지수일지도 몰라……. 아리스 짱하고는 마음이 맞지 않을까?”

: 하긴 그렇네.

: 카에루 짱은 방에 틀어박히고 싶은데 히카리 짱한테 이끌려 온갖 곳에 가게 될 것 같다.

: 번장이 제일 상상이 안 되네. 그분, 평소에는 뭘 하면서 지내시는 거지?

: 그야 투쟁이지.

: 피 냄새가 제일 진정된다고 전에 말했었나.

: 말한 적 없거든ㅋㅋㅋㅋㅋ

“호오호오. 좋~아! 이 중에서 한 명 고르는 거지! 히카리가 고르는 건! 두르르르르르르르르르, 두웅! 네코마 선배입니다!”

: 오오!

: 느낌이 좋아 보였지.

: 네코마~에게는 당혹스러운 나날이 시작된다.

“아, 그렇지. 네코마 선배는 히카리랑 동거하는 거에 대해 어떻게 생각하는지 신경 쓰여! 시험 삼아서 채팅으로 물어보자! 『네코마 선배! 히카리랑 동거 어때요?』. 이거면 되겠다! 앗, 이거 전체 채팅이네. 뭐 괜찮겠지.”

: 에엑?!

: 히카리 쨩, 문맥! 문맥!

: 전체 채팅으로 그건 위험하지 않나……?

“우오?! 어쩐지 엄청 채팅 올라오네?! 어? 아와유키 쨩, 어째서 도둑고양이라면서 화내는 거야?! 시온 선배는 뭔가 박수치고 있어…… 앗, 네코마 선배가 보기 드물게 동요하네…….”

: 아와 쨩, 처음부터 네 거 아니란다.

: 역시 그 녀석이랑 동거는 안 된다.

: 2기생 모두 커플 성립에 시온 마마도 생긋.

: 네코마~한테 불쌍한 캐릭터 속성이 붙기 시작해서 웃긴다.

: 히카리 쨩! 경위도 설명해 줘!

“경위? 아아! 그렇구나! 그거 설명 안 하면 모를 테니까, 미안해! 그러니까…………………… 응, 이제 됐어! ……아,

채팅 진정됐다. 다행이야."

: 장하다.

: 라이브온은 오늘도 평화롭습니다.

"후우우~ 놀랬다아…… 저기, 지금 그걸로 꽤 시간을 써버렸으니까, 카스텔라 답변은 이 정도로 하고 다음 기획 갈게!"

그다음, 결국 히카리는 방송 종료까지 역시 대단한 실력으로 방송을 띄웠다.

종료 인사를 마치고 방송을 종료한 히카리, 그녀가 다음에 한 행동은— 일과인 확인 작업이었다.

"그러니까, 오늘은…… 으음~, 역시 지난달이랑 비교해서 채널 구독자 늘어나는 속도가 조금 줄어든 것 같애애. 어어, 동접은 아주 조금이지만 저하…… 우으아아아아아아! 뭐~ 하는 거야, 히카리이이!! 하아, 다음은 카탓타를 봐야지. 앗, 오늘은 팔로워가 잔뜩 늘었어! 에헤헤헤, 다행이네! 오늘 카탓타가 빵 터진 덕분일까? 좋아! 이렇게 내 일도 모두를 즐겁게 해야지!"

그렇다. 마츠리야 히카리라는 라이버는 누구보다도 노력가다. 어디까지나, 어디까지나 그녀는 노력을 계속한다—.

"하지만 방송의 성장이 미묘한 건 변함이 없으니까, 역시 히카리는 아직 멀었어! 더더더더더 열심히 해야지! 날 고용해 준 라이브온을 위해서도! 응원해 주는 시청자들을 위해서도! 다들 보고 있어! 히카리는 아직 더 할 수 있어! 모두를 실망시키지 않도록, 더욱더욱더욱, 더어어어어어어어 힘낼게!”

그 앞이 어디로 이어져 있는지 모르는 채로—.

제4장

히카리 쨩의 폭주

하레루 선배의 라이브 레슨 때도 신세를 진 도내의 모 스튜디오.

그곳에서 3기생 1주년 기념 방송의 요소로 기획된, 4명 전원의 노래 방송 연습이 진행되고 있었다.

1주년으로 숙박 방송을 하는 것은 이미 시청자들에게도 고지됐다. 점점 기념일도 다가오고, 우리들의 볼티지도 올라가고 있었다.

4명 모두라서, 오늘은 일부러 멀리 살고 있는 마시롱까지 스튜디오로 발길을 옮겼다. 노래의 세트리스트도 커버곡이긴 하지만, 우리답게 넷이서 노래하여 빛날 수 있는 곡을 다 같이 엄선했다. 여기까지는 상당히 순조로웠다고 할 수 있다.

그렇게 일단 연습에 들어가자, 마시롱이 올 수 있는 날이 오늘 정도밖에 없기도 하니까 가능하면 오늘 하루를 사용해 모두가 납득할 수 있는 퀄리티까지 완성시키고 싶었는데…… 여기서 문제가 한 가지 발생했다.

나는 사소한 점 말고는 문제없고, 충분히 오늘 완성할

수 있다. 마시롱도 저음역부터 고음역까지 경이적인 정확성을 보이고, 감정을 싣는 것이 과제로 떠올랐지만, 천성적으로 재주가 좋으니까 어떻게든 될 것 같다. 샤미 쨩은 노랫소리가 너무나도 작았지만, 에에라이 쨩이 듣고 있다고 생각하며 노래하는 것으로 극복했다. 문제는…… 히카리 쨩이었다.

당연히 노래를 잘하고 못하고는 음역이나 목소리 내는 방식만으로 정해지는 게 아니다. 사람이란 그렇게 간단히 잴 수 없는 생물이며, 설령 음 이탈이 있든지, 목소리가 갈라지든지, 사람의 감정을 움직일 수 있는 싱어는 있다. 노래를 잘 부른다는 건 무엇으로 정의해야 하는가, 대단히 애매한 것이다.

그렇지만 히카리 쨩의 방식은…… 넷이서 노래하는 협조성이라는 면에서 보면 참 어려운 부분이 있었다.

필사적으로 노래한다. 목소리도 잘 나온다. 그러나…… 너무 필사적이라, 초등학생처럼 지나치게 힘을 주어 노래하는 방식이 되고 마는 것이다.

히카리 쨩의 파트나 네 명이 함께 노래하는 파트에서 아무래도 위화감이…… 라이브온답게 이것을 개성으로 포착하여, 어떻게든 플랜을 바꾸는 것으로 대응할 수 없을까 하는 의견도 나왔지만, 당사자인 히카리 쨩이 제일 먼저 고개를 저었다.

"알고 있어, 히카리도 알고 있어…… 그러니까 서투르다고! 솔직히 서투르다고 말을 해줘!! 다 같이 모여서 노래할 기회가 거의 없을 테니까 시청자들도 신이 날 거야. 그걸 히카리의 미스로 찬물 끼얹을 수는 없어! 모두 기대하고 있어. 그러니까 히카리는 거기에 응해야지! 죽을 각오로 힘낼게!"

그렇게 말하며 고집스레 거부하는 자세라서, 우리도 그녀의 의사를 존중하여 힘을 빼고 목을 쓰는 법이나 음정을 잡는 법 등의 노래하는 요령을 가르쳐 주었다.

분명히 지금 생각하면 라이브 스타트 때는 기세로 얼버무린 느낌이었지. 밝은 곡이기도 해서 문제는 느껴지지 않았다. 하지만 이번에는 노래하는 파트가 많고 발라드도 섞여 있으니까, 눈에 띄고 마는 것이리라.

그리하여 연습이 이어지고, 일단 조금씩 개선의 조짐은 보이기 시작하고 있었다.

"응, 이제 그만 휴식하자."

"아, 아냐! 괜찮아, 마시로 쨩! 히카리는 아직 할 수 있어!"

"히카리 쨩은 그럴지 몰라도 우리의 목이 못 버텨. 자, 다들 물 마셔."

마시롱 말처럼, 열심히 연습하는 히카리 쨩에 이끌려 벌써 꽤 오랜 시간 계속하고 있었다. 나도 챠미 쨩도 목을 쉬면서, 한숨 돌린다.

"하지만…… 아직 나는 납득할 수가 없어…… 더 잘하게 돼서 시청자들을 기쁘게 해줘야지."

"쉬지 않고 연습하는 것만이 잘하게 되는 길이 아니야."

"샤미 짱…… 그건 그럴지도 모르지만……."

마지못한 기색이지만, 히카리 짱도 휴식에 들어간다. 평소 방송 스타일로도 알 수 있지만, 정말로 노력가란 말이지.

"응~ 본격적으로 보이스 트레이닝 같은 걸 받아야 할까……. 그치만, 지금부터는 늦겠네. 그리고 시간도 없고…… 연습할 시간 있을까? 그러니까, 내일은 안건이 있으니까 아침에도 방송하고, 그다음 날은 중요한 녹음이랑 콜라보 방송이랑 다음 날 게임 방송을 위해서 작업을 해야 되고—."

"자, 잠깐 기다려 봐요?!"

히카리 짱의 혼잣말을 듣고, 황급히 말을 걸었다. 어? 지금 히카리 짱이 뭐라고 했지?

"오? 왜 그래? 아와유키 짱."

"예정표 같은 거 잠깐 보여줄 수 있을까요?"

"예정표? 문제없어!"

히카리 짱은 앞으로의 스케줄이 적힌 스마트폰 화면을 이쪽으로 보여줬다.

—이게 뭐야?

없다. 없다. 없다. 1주년 기념일까지, 어디에도 공백이 없다. 방송 시간은 물론 작업 시간에 운동 시간까지 온갖 곳에 일정이 적혀 있었다. 간신히 보이는 공백은 짧은 수면시간뿐. 챠미 쨩과 에에라이 쨩의 콜라보 시간마저, 운동 시간에 맞춰서 어떻게든 조정한 모양인데.

……아니, 한 군데만 커다란 공백의 시간이 있어. 나랑 데이트하러 간 시간이다.

이것도 운동 시간에 맞춘 것 같은데, 그날은 상당히 오래 다녔다. 자신을 위해서도 아닌 시간인데, 그 데이트를 위해서 스케줄을 변경한 흔적이 있고, 그 탓인지 거의 철야인 날까지 보였다.

"—이거, 매니저가 말리지 않았어?"

화면을 들여다본 마시롱과 챠미 쨩도, 나랑 마찬가지로 기겁했다.

"그래그래! 데뷔 직후쯤에는 예정표를 건넸더니『절대 안 돼!』하면서 혼났거든! 하지만 히카리도 납득이 안 되니까 엄청나게 대화를 해서, 결국 지금의 스케줄이 타협점이 됐어. 우기기기기이이!!"

"이게 타협점…… 그러니까, 처음에는 더 많이 잡혀있었다는 거지……."

말조차 잃을 것 같은 우리를 보면서, 불만스런 표정으로 말하는 히카리 쨩.

"얼마 전까지는 괜찮았는데, 요즘에 또 너무 집어넣었다고 말하기 시작했지 뭐야~."

그걸 듣고서 얼마 전의 스케줄을 보여달라고 하니, 분명히 꽉꽉 들어차 있지만, 조금은 놀거나 하는 자유 시간이 있었다. 그러나 최근에는 그것마저 없다.

히카리 쨩은 라이버들 중에서도 안건이 많은 편이니까 바쁠 것 같다고 생각은 했지만, 이 정도일 줄은— 잊으면 안 되지만, 히카리 쨩의 방송은 기본적으로 상당히 장시간이다.

"……힘들지 않나요?"

"힘들어? 어째서? 히카리는 시청자들의 응원을 받고서, 돈까지 받고 있잖아? 시청자들이 히카리의 존재 가치니까 이걸로도 아직 부족할 정도야! 모두하고 달라서 히카리는 대단한 재능도 없는데, 시청자들은 그런 히카리를 지탱해 주고 있으니까 더더더더더 힘내야지!"

……그 마음가짐은, 어쩌면 나도 라이버로서 본받아야 할 부분이 있을지도 모른다.

하지만 이 스케줄은 아무래도…… 모두의 진지한 표정을 보니 같은 생각을 하고 있는 거겠지.

"다들 왜 그런 표정이야? 히카리는 튼튼하니까 이 정도로는 아무렇지도 않아! 지금까지도 괜찮았고! 그러니까 자, 얼른 연습 재개하자!"

이때 우리는 뭐라고 말을 걸어야 좋을지 모른 채, 일단 명백하게 짧은 휴식으로 연습을 재개하려는 히카리 쨩을 말리는 것밖에 할 수 없었다.

당연히 우리가 보기에 지옥 같은 일정표. —하지만, 마치 이걸 위해 살아간다고 말하는 것 같은 생생한 그녀의 미소를 보고, 아무 말도 할 수가 없었다.

그리고 결국, 연습 시간이 끝나고서도, 히카리 쨩의 노래는 개선되긴 했지만, 모두가 확실하게 고개를 끄덕일 퀄리티에는 이르지 못했다. 특히 명백하게 히카리 쨩 스스로가 납득하지 못하고 있었다.

그러나 이미 밤도 늦었다. 오늘, 마시롱은 챠미 쨩의 집에 묵는다고 했다. 우리 집이 아니라는 것에 조금 시무룩해졌지만, 그걸 깨달았는지, 「이번에는 3기생을 위한 이벤트니까, 아와 쨩만 그런 게 아니라 3기생 모두와 인연의 깊이를 더하고 싶어. 당일은 히카리 쨩 집에 묵으니까, 오늘은 챠미 쨩.」이라고 설명을 해주었다. 창피해라…….

다들 집으로 가기 위해 흩어져 버린다.

그래도 나는 히카리 쨩이 뇌리에 걸려서 어쩔 수가 없었다—.

그리고 3일 뒤.

"아, 여기다."

나는 히카리 쨩이 살고 있는 맨션을 찾아가, 인터폰을

눌렀다.
어째서 이렇게 되었는가 하면, 그건 3기생 모두가 연습을 한 날 밤까지 거슬러 올라간다.
스튜디오에서 아무 일 없이 집으로 돌아간 나. 그날의 용건을 마치고 이제는 자기만 하면 되니까 스마트폰에 알람을 맞추려고 한 참에, 개인 채팅으로 연락이 온 것을 깨달았다.
발신자는 히카리 쨩, 내용을 요약하면 『3일 뒤 낮에 시간을 낼 수 있을 것 같아서, 아와유키 쨩이 괜찮다면 노래를 배우고 싶어』라는 것이다.
딱히 거절할 이유도 없었으니, 나는 승낙했다. 오늘이 그날이다.
그건 그렇고 히카리 쨩의 집에 오는 건 이게 처음이다. 뜻밖에 역 몇 개밖에 안 떨어진 근처라서 깜짝 놀랐네.
……사실 히카리 쨩의 그 과밀 스케줄을 본 뒤부터, 계속 몸 상태가 망가지지 않을까 나는 걱정이 되고 또 걱정이 된 탓에, 가만히 있을 수가 없었다.
오늘도 본격적으로 노래 연습을 한다기보다는 노래하는 것 자체는 삼가도록 하고, 노래를 구실로 쉬도록 한다는 속셈이 있다.
그걸 위해서 사전에 마사지 등의 피로 회복법도 조사했다. 「노래 연습은?」이라고 의심할지도 모르지만, 그럴 경우는 어떻게든 말로 구슬려서 쉬게 만들어야지.

그런 생각을 하고 있는데, 드디어 집의 문이 열렸다.

—그리고, 나는 통감하게 된다.

"어, 어서 와아, 아와유키 짱……."

"?!"

—그런 내 생각마저, 히카리 짱에게는 너무 물렀다는 것을.

히카리 짱의 목이…… 망가졌다.

현재, 일단 현관 앞에 계속 있을 수도 없으니까 히카리 짱의 말에 따라 집에 들어가서, 그리고 테이블에 마주 앉아 있었다.

아직도 머리가 혼란스럽지만, 일단 무슨 일이 있었는지를 파악해야 한다.

"히카리 짱, 괜찮……지 않네요. 목소리, 어떻게 된 건가요?"

"이짜나, 으흠!!"

"앗, 스마트폰으로 필담해도 괜찮아요. 무리하지 마요."

목소리를 내기만 해도 표정을 찌푸리는 걸 보고 황급히 말렸다. 아무래도 목소리가 갈라지기만 한 게 아니라, 평범하게 말하기만 해도 목에 통증까지 있는 모양이야.

나한테 미안한 표정을 짓고 양손을 얼굴 앞에 맞대는 히

(히카리) 어, 어서 와,
아와유키 짱…….

카리 짱. 그리고 스마트폰을 손에 집어 문자를 치기 시작했다.

아까부터 그 모습에 평소의 톡톡 터지는 활기가 느껴지지 않는다. 계속 입가를 올린 채 웃고 있지만, 명백하게 억지로 웃는 걸 알 수 있었다.

문자를 다 쳤는지, 히카리 짱이 스마트폰 화면을 이쪽으로 돌렸다.

『다 같이 노래 연습을 한 다음에, 도저히 스스로 납득을 할 수가 없어서 작업하면서나 빈 시간에 연습을 했어. 어제는 내일 아와유키 짱이 와주니까 기합을 넣어서 방송 뒤에도 계속 노래했는데…… 오늘 일어났더니 목이 죽어있었어.』

"죽어있었다니…… 통증 같은 건 오늘까지 없었어요?"

『사실 다 같이 연습한 다음부터 조금 아팠어. 하지만 어제까지는 참으면 방송에서도 목소리가 그렇게 갈라지지 않았으니까 괜찮을까 해서…… 말 안 해서 미안해.』

"다시 말해서 아픈데도 방송도 노래 연습도 계속한 거군요? 어째서 그렇게 명백한 무리를 한 건가요?!"

지금 생각하면 그렇게 무모한 방식으로 노래하는 건 목에 커다란 부담이 된다. 계속 건강해 보이는 데다가 오히려 연습을 조를 정도였으니까 눈치 못 챘는데, 우리는 괜찮아도 히카리 짱은 그 시점에서 목에 커다란 부하가 걸려 있었구나.

하지만 그러면 평범하게 쉬어야지! 왜 더 연습 같은 걸…….

무심코 말투가 강해진 내 물음에, 히카리 쨩은 여전히 웃음을 지은 채로, 당연한 말을 하는 것처럼 스마트폰에 망설임 없이 친 문자를 나에게 보였다.

『스스로 납득을 못 했으니까, 이래서는 시청자들을 기쁘게 해줄 수가 없으니까, 더 열심히 해야 한다고 생각해서.』

"납득을 못 하다니……."

그렇다고 이 정도까지 하는 걸까? 나는 놀랐지만— 이어지는 문자를 본 나는 놀라움마저 넘어서서 말을 잃고 말았다.

『하지만 괜찮아! 히카리 노력할 거야! 그러니까, 얼른 시작하자!』

얼른 시작하자— 다시 말해서 히카리 쨩은, 이런 상황에서도 아직 노래 연습을 그만둘 생각이 없는 거네…….

"……정말! 바보 같은 소리 하지 마세요! 오늘 연습은 없어요! 지금부터 곧장 병원에 갑니다!!"

히카리 쨩의 명백한 무모함에 분노마저 느낀 나는, 히카리 쨩의 발언을 일축하고 일어섰다.

"어지간히 심하지 않다면 목은 낫는다고 들었어요. 하지만 상태가 어떻든지, 히카리 쨩은 목이 완전히 회복될 때까지 활동 휴식입니다!"

그렇게 말한 뒤 짐을 들고 다시 밖에 나갈 준비를 했다. 히카리 쨩도 빨리 준비를 하라고 말을 걸려고 그 얼굴에 시선을 돌렸을 때— 나는 진심으로 놀라 버렸다.

왜냐면, 그 히카리 쨩의 표정에서 오늘 처음으로 웃음이 사라지고…… 그리고 이 세상의 끝을 본 것 같은 절망에 물들어 있었으니까—.

"무, 무슨 일인가요? 히카리 쨩……."

그 너무나도 그녀답지 않은 표정은, 한순간이지만 정말로 히카리 쨩인지 알 수 없을 정도로 충격적이었다.

"활동 휴식……? 그러면, 앙송을 안 하는 거야……?"

"그래요. 물론 그렇죠……. 그 목 상태로로 라이버 활동을 할 수 있을 거란 생각은 도저히 안 들어요. 한 번 본격적인 휴양 기간을 가지도록 해요. 기간의 길이는 의사 선생님과 라이브온의 의견을 듣고서 정하게 될 거라고 생각하지만요."

"……이틀 정도?"

"그럴 리가 없잖아요. 1개월은 보는 편이 좋겠어요. 목 상태에 따라서는 더 길게요."

"시, 시러어! 으흠! 그거만은 시러!!"

"잠깐, 히카리 쨩?! 지금 그렇게 큰 목소리를 내면 안 돼요!!"

나는 당연한 말을 했다고 생각했는데, 그걸 들은 히카리 쨩은 고개를 격하게 흔들며, 목의 통증마저 신경 쓰지 않고 목소리를 흐트러뜨리며 격렬한 거부반응을 보였다.

"한 달은 있을 수 없어! 왜냐면 안건 가튼 일정도 잔뜩 있어! 벌서 고지한 것도 이써! 쉬게 되면 여러 곳에 폐가 되자나! 으흠! 그, 그렇지! 1주년 기념 방송은 어떡하고?!"

"아아, 1주년 기념…… 으음~, 그것도 연기일까요."

"크, 그런 건 안 대! 1주년은 그날바께 없자나?! 으흠! 히카리의 사정으로 연기하면 안 대!!"

솔직히 어째서 히카리 쨩이 이렇게까지 필사적으로 거부하는지 모르겠다. 폐를 끼치는 게 싫다는 건 알겠지만, 아무리 생각해도 이 상황에서는 쉬는 것 말고 선택지가 없는 것 같은데…….

하지만 지금은 일단 히카리 쨩을 진정시키는 게 최우선이다. 더 이상 목에 부담을 줄 수는 없어. 되도록 의도를 존중하는 대응을 해야겠지.

일단 1주년 기념에 관해서는 히카리 쨩의 발언에 일리가 없다고는 안 한다. 그에 관해서는 샤미 쨩과 마시롱의 의견도 들어야지.

하지만…….

『1주년 기념은 연기네. 아와 쨩, 지금 당장 히카리 쨩을 병원으로 데리고 가줘.』

『히카리 쨩, 무리하지 마…… 쉬는 것도 중요한 일이야…….』

그야 이렇게 된다니까.

"네. 두 사람의 양해도 얻었으니까 히카리 쨩, 쉬도록 해요."

"우으으으으……."

"우리들도 1주년을 축하하고 싶은 마음은 많아요. 하지만 지금 여기서 무리하면, 히카리 쨩의 목소리에 평생 낫지 않는 상처가 남을 가능성이 있어요. 그건 1주년을 축하하지 못하는 것보다 훨씬 훨씬 더 괴로운 일이에요."

"하지만, 으흠, 하지만…… 리즈너들이 기다리니까……."

으음~. 설마 이렇게까지 말해도 쉴 생각이 안 들다니…… 너무나 완고해서 우리 셋 다 어떡하면 설득할 수 있을까 난처해졌다.

그럴 때였다—.

"리즈너를 실망시키는 것만은 시르니까……."

문득 히카리 쨩의 입에서 작게 흘러나온 그 말을 듣고서, 드디어 나는 어째서 히카리 쨩이 자기 몸을 갈아내면서까지 활동을 멈추려 하지 않는 건지, 이해할 것 같았다.

그렇구나…… 히카리 쨩은…… 중요한 걸 착각하고 있어.

"어……?"

나는 히카리 쨩을 천천히 상냥하게 끌어안았다.

"히카리 쨩, 드디어 저도 당신의 생각을 알 것 같아요."

히카리 쨩은 잘못을 저지르고 있다. 그걸 깨닫고 있을 텐데, 내 목소리는 스스로도 놀랄 만큼 상냥한 기색이었다.

왜냐면 그 잘못은— 분명 나도 같은 생각을 하던 시기가 있었으니까.

“그렇네요. 간단히 쉴 수는 없어요. 시청자의 기대에 응하지 못해서…… 그리고 눈밖에 나버리는 건— 그건 정말로 두려운 거니까요.”

“아…….”

“방송을 쉬거나 하게 되면 잊혀지는 게 아닐까? 이미지가 부서져 버리는 게 아닐까? 그렇게 생각하면— 몸이 벌벌 떨릴 것 같아요.”

“…………응.”

고개를 끄덕이는 것과 동시에 굳어졌던 몸에서 힘이 풀리는 히카리 쨩. 아마도 머릿속에 소용돌이치는 감정을 언어화해서, 나를 이해자로 느끼기 시작한 거다.

우리들의 활동 대부분은 시청자들의 응원을 받기에 성립되는 것이다. 그렇기에 우리들을 응원해 주는 시청자들에게 재미를 주기 위해 방송을 생각하고, 그리고 엔터테인먼트로써 제공한다.

말하자면 시청자들이 있는 덕분에 라이버로서 활동을 계속할 수 있는 것이다. V활동 하나로 살아가는 우리들은 특히 그렇다. 그렇기에…… 우리들에게 시청자라는 존재의 크기는 헤아릴 수 없는 것이다.

예를 들어 숫자. 채널 구독자나 동시접속자 수가 줄어들면, 그건 목숨의 잔량이 적어진 것으로 느껴질 만큼 커다란 조바심을 느낀다. 그렇기에 실망시키는 건 논외. 더욱, 더욱이 시청자들을 재밌게 해줘야 한다는 마음이 부풀어 오른다.

히카리 쨩은 지나치다고 생각할 만큼의 노력가다. 그 마음이 너무 크게 부풀어서, 지금은 시청자의 기대에 응답하는 것에 사명감을 느끼고 있을 거야.

"시청자들을 위해서 노력한다. 그것 자체는 참 좋은 일이라고 생각해요. 하지만— 지금 히카리 쨩은 잘못하고 있어요."

"……윽!"

이해해 줬다고 생각했는데, 배신당한 쇼크 때문일까? 또다시 히카리 쨩의 몸에 힘이 들어갔다.

"어째서? 리즈너들을 위해서 열시미 하는 게 뭐가 잘못이야? 으흠! 시청자를 소중히 여기지 아느면 라이버 실격이야!"

"그렇네요. 라이버의 입장에서 히카리 쨩의 그 생각은 틀리지 않았어요. 하지만 히카리 쨩은…… 시청자의 입장으로 생각해 본 적이 있나요?"

"어? ……무슨 뜨시야?"

"아~ 말을 바꿔볼게요. 그러면, 시청자들은 어째서 히카리 쨩을 응원해 준다고 생각하나요?'

“으흠, 그건…… 방송을 즐겨주고, 이쓰니까?”

“그렇네요. 그것도 한 가지 요소일 거예요. 하지만, 근본은 더욱 깊은 곳에 있어요. 우리들 라이버를 응원해 주는 시청자들은, 우리들을 『좋아』하기 때문에 응원해 주는 거예요.”

그렇다. 이것이 지금 가장 히카리 쨩에게 전해야 하는 말.

“좋아한다는 건 사랑 말고도, 우리들의 경우는 예능 아이돌에게 보내는 호의도 있을지도 몰라요. 하지만, 좋아하지 않으면 일부러 소중한 시간을 써서 방송을 보거나, 더욱이 슈퍼챗을 보내거나 굿즈를 사려고 생각하지 않잖아요? 그렇게까지 해주는 사람이 말이죠. ……좋아하는 사람이 괴로워하는 모습을 보고 기뻐할 리가 없잖아요!”

“———.”

“히카리 쨩이 즐거울 때는 시청자들도 즐거워해 주는 것처럼, 히카리 쨩이 괴로울 때는 시청자들도 괴로워요! 개그 소재 삼아서라면 모를까, 최애가 진심으로 괴로워하는 것 따위 보고 싶지 않아요! 좋아하는 사람은 언제나 웃어주길 바라는 거예요! 그러면 우리들은 그 마음에 응하는 활동을 해야 하죠. 그런데…… 어째서 히카리 쨩은 지금 시청자들을 슬프게 만드는 일을 하려고 하는 건가요!!”

“———.”

“내구 방송을 즐기면서 하는 모습을 보고 싶은 시청자들은 있을 거라 생각하지만, 목소리가 완전히 갈라진 히카리 쨩이 통증을 참으면서 말하고 노래하는 건 시청자가 바라지 않아요! 스튜디오에서 연습했을 때, 히카리 쨩이 『시청자들이 히카리의 존재 가치』라고 했었죠? 하지만 히카리 쨩이 존재 가치일 정도로 응원해 주는 사람도 개중에는 있어요! 그 사람들을 슬프게 만들면 어떡해요!"

후반은 감정적이 되어 너무나 몰아붙여서 말해버렸지만 일단 하고 싶은 말은 전했다.

흐트러진 호흡을 정돈하고 있는데, 이번에는 스마트폰에서 마시롱과 챠미 쨩의 목소리가 들렸다.

『아와 쨩 말이 맞아. 그리고, 한 가지 나도 말을 하고 싶은데. 조금 쉬는 정도로 최애를 관둘 정도로 시청자들을 무르게 보지 마. 히카리 쨩의 매력은 그 정도가 아냐. 그러니까, 실망시키는 게 무서운 건 알지만, 시청자들을 믿고서 쉬는 것도 중요한 활동의 일부야.』

『히카리 쨩, 나도 말이야. 한때 나는 다른 라이버랑 비교해서 펀치가 없는 게 아닐까 고민하던 때가 있었어. 하지만 결국 무리 같은 거 하지 말고, 오히려 자연스럽게 있는 게 제일의 해결책이 됐어. 그리고 말이야. 어깨에서 힘이 풀리는 거랑 동시에 이상한 일도 하게 됐지만 말이야. 그걸로 시청자들이 실망하는 일은 없었고, 오히려 플러스가 됐어. 열심히 하는 거랑 무리하는 건 비슷하지만 다르다고 생각해.』

……응. 역시 이런 활동을 하다 보면, 이런 문제는 누구나 품게 되는 법이다. 나도…… 방송 사고로 빵 터지기 전에는 심했지.

하지만 이렇게 활동을 계속하고, 특히 인기가 생기면서 안심과 함께 냉정해진 머리가 진리를 깨닫고 진정하게 되기도 한다.

그러나 히카리 쨩은 달랐다. 히카리 쨩은 상당한 인기 라이버다. 일괄적으로 숫자만 가지고 판단하는 건 좀 그렇긴 하지만, 그래도 하나의 지표로서 커다란 스코어를 가지고 있다.

하지만 히카리 쨩은 멈추지 않는다. 분명 모든 라이버들 중에서 제일이 되어도 멈추지 않는다. 팬이 늘어나면 늘어난 만큼 더욱 힘내고 힘내고 힘내고, 몸이 한계에 다다르는 마라톤을 계속 달린다.

이번에는 우리가 깨달아서, 멈출 수 있었던 게 정말로 다행이라고 생각한다. 시청자가 첫째인 노력가란 것은 히카리 쨩의 장점이지만, 활동을 계속하는 사이에 노력의 방향이 엇나가 버렸다.

우리들의 마음은 히카리 쨩에게 분명히 닿았을 것이다. 히카리 쨩의 몸에서 완전히 힘이 풀리고, 반성한 기색으로 나에게 축 몸을 맡겼다.

"히카리 쨩. 우리가 해야 할 노력의 방식은, 몸 상태를 만전으로 갖추고, 최고의 상태로 방송하는 것. 그러니까, 지금은 병원 가자?"

"응…… 미아내."

이렇게 병원에서 목 상태 진단을 받은 히카리 쨩은 다행히 목의 악화가 더욱 크게 발전하지는 않았지만, 라이브온하고도 상담하여 1개월의 활동 휴식 기간을 가지게 되어, 1주년 기념 방송도 그에 맞추어 연기가 되었다—.

활동 휴식이 정해진 뒤에 금방, 라이브온에서 우리들 3기생에게 사과를 했다.

듣자니 오기로라도 스케줄을 꽉 채우려는 히카리 쨩과 그걸 막고 싶은 담당 매니저 사이에서 나날이 뜨거운 공방전이 벌어지고 있었는지, 지금까지는 어떻게 몸이 망가지지 않는 선을 사수하고 있었다고 하는데, 이번에 그걸 잘못 재서 대단히 죄송하다고 했다.

그러나 이번 일은 히카리 쨩에게 자세한 이야기를 들어보니 라이브온의 관리 미스만 원인이 아니란 걸 알았다. 놀랍게도, 지금까지의 경험을 통해 이대로 나날의 스케줄에 노래 연습을 추가하면 매니저가 반드시 NG를 걸 거라고 짐작한 히카리 쨩이, 고육책으로 그걸 보고 안 한 것이다.

그만큼 1주년 기념을 좋은 것으로 하기 위해 연습을 해줬다는 것이지만, 이건 안 된다. 최종적으로 히카리 짱도 담당 매니저에게 죄송하다고 사과하고, 이번 건은 모나지 않게 수습되었다.

히카리 짱한테도 이번 일로 담당 매니저가 얼마나 몸을 걱정하고 있는지 전해졌을 것이다. 신뢰 관계가 보다 깊어졌을 테니까 이제 이런 일은 안 일어나겠지. 사이좋은 것은 아름다운 일이다. 이럴 때야말로 좋은 걸 찾아보자.

아 그렇지. 히카리 짱의 활동 휴식 기간 중에, 또 하나 좋은 일이 있었다.

"응—!!(부비부비부비부비)."

"아하하핫! 정말, 히카리 짱. 머리칼이 흔들려서 간지러워요."

지금까지의 시점에서도 우리에게 상당히 거리감이 가까웠던 히카리 짱이 더욱 가까워졌다.

이번 일은 3기생 모두의 우정을 보다 깊게 이어주었다. 따라서 히카리 짱은 더욱 3기생을 신뢰하게 되었다는 것인데…… 자의식 과잉일지도 모르지만 나에게는 마시롱이나 샤미 짱과 비교해서 스케일이 다른 것 같았다.

활동 휴식 기간이 시작된 최초의 1주일. 히카리 짱은 자책감을 느끼는 건지 명백하게 기운이 없었다.

이번에는 목을 고치는 건 물론이지만, 애당초 과밀한 스케줄이었던 것은 변함이 없기 때문에, 이 기회에 몸도 휴양하게 됐다.

계속 달라붙을 가능성이 있으니까 SNS의 갱신도 최소한으로 제한했다. 그렇지만 명백하게 풀이 죽은 히카리 쨩을 보고, 나는 이래서는 몸도 멘탈도 치유되지 않는 것 같아서 걱정이 됐다.

목은 치료 중이니 목소리를 쓰는 통화는 별로 좋지 않다. 채팅으로 응원해 주는 라이버는 잔뜩 있지만, 이럴 때야말로 직접적인 커뮤니케이션이 살아나는 법이다. 그래서 나는 한 주에 몇 번, 집이 가깝기도 해서 시간에 여유가 있는 날에 히카리 쨩의 집에 놀러 가기로 했다.

내가 가지 않는 날에는 전에 히카리 쨩과 데이트를 했을 때 알게 된 아이코 씨가 와주는 모양이라, 히카리 쨩은 점점 이름에 걸맞은 본래의 명랑함을 되찾아갔다.

"죄송합니다. 사전에 경고를 해주셨는데도, 히카리 쨩을 막는 게 늦어 버려서……."

연락처 교환도 했으니, 전화로 이번 소동의 사과를 했다.

"그렇게 사과하지 마세요. 분명히 제가 틀렸고 이게 옳았다고 생각해요. 저는 술수를 부려서 일시적으로 히카리를 막긴 했어도, 근본적인 해결 방법을 알지 못했으니까요. 아와유키 씨가 똑바로 부딪혀 주는 게 히카리에게는 필요했던 거네요. 친구를 구해줘서, 정말로 감사합니다."

"아뇨아뇨! 그런 건 됐어요!"

사과해야 하는데, 아이코 씨가 오히려 감사를 해버렸다. 정말로 걱정한 거겠지. 히카리 짱, 좋은 친구를 가졌구나.

자, 서로에게 고개를 숙인 형태로 통화를 마치고, 나를 따라주는 히카리 짱과 보내는 나날이 이어진다.

목이 고장 난 그날에 직접 만난 것도 나니까, 분명히 그런 경위도 있어서 이만큼 호의를 보내주게 된 거라고 생각하는데…… 이쯤에서 새로운 문제가 발생해 버렸다—.

위험해. 애 기운이 너무 넘쳐!

정말로, 탑재한 엔진이 다르단 말이지.

멘탈이 회복된 뒤부터, 지루하다면서 같이 게임을 하는 것은 물론이고, 하나의 게임이 끝날 때마다 다음 소프트로 바꾸고, 더욱이 다음 소프트, 그다음에는 갑자기 후다다닥 집의 어딘가에 사라졌다 싶더라니 가지고 온 트럼프나 보드게임으로 또 논다.

영원히 끝나지 않는 「놀자~」 공격에, 이미 나는 기운찬 어린애한테 휘둘리는 부모의 기분을 맛보고 있었다. 방송 사고 때 히카리 짱의 마마가 되고 싶다는 말을 한 기억이 있는데, 설마 이런 식으로 이루게 될 줄은 생각도 못 했다…….

요전에는 배○돔[#25]까지 가지고 왔다니까, 얘는. 멘탈은 돌아왔다지만 아직 목은 치료 중이다. 최근에 작은 소리로 대화는 허용이 됐지만, 놀고 있어도 큰 소리는 엄금이다.

한쪽은 목소리를 못 내는 상태인데 둘이서 하는 배○돔은 허무 게임의 영역이 아닐까? 아니, 반짝반짝 빛나는 눈으로 꺼냈으니까 거절할 수도 없어서 하긴 했는데…….

하지만 목소리를 못 내도 어떤 게임이든 나랑 같이 놀 때 히카리 쨩은 아주 즐거워 보이고, 빈번하게 스킨십을 하거나 머리를 부비부비하는 등 감정을 표현해 주었다.

참 힘들다고 생각은 하면서도, 그걸 기쁘게 느끼는 면이 있어서 어쨌거나 즐기고 있었는데— 나는 깨달아 버렸다.

어, 이거 휴양이 안 되지 않아?

노는 걸로 멘탈이 회복한 건 기쁜 일이지만, 이건 너무 많이 노는 거 아닐까?

분명히 기분 전환은 될지도 모르지만, 내가 생각하는 휴양이란 좀 더 느긋하고 차분한 것이다.

특히 히카리 쨩은 쇼트 슬리퍼일 거야. 그건 체질의 문제일지도 모르지만, 나로서는 휴양 중에는 좀 더 푹 수면

#25 배○돔 완구 회사 츠쿠다 오리지널에서 발매한 「배틀돔」. 핀볼처럼 작은 공을 여러 개 쏴 상대 진영에 넣는 최대 4인용 완구인데, 광고 속 경쾌한 내레이션과 유아 모델들의 연기로 인터넷에서 밈으로 인기를 얻었다.

을 취해 주면 좋겠다.

그래서 어떡하면 히카리 짱이 좀 더 차분하게 쉴 수 있을까 생각하던 중. 그러고 보니 히카리 짱 목이 고장 난 날, 나는 노래 연습도 있지만 그와 동시에 마사지를 해주고자 생각한 것을 떠올렸다.

공부한 내용은 아직 기억하고 있다. 그래서 가볍게 할 수 있는 어깨 마사지를 제안했더니, 히카리 짱이 웃으면서 힘차게 몇 번이고 고개를 세로로 움직여 양해해 주었다.

"그러면 시작할게요. ……아~, 꽤 굳어 있네요."

"힉!!"

"앗, 아팠나요? 아파서 소리가 나면 목에 부담이 갈지도 모르겠네요. 힘을 좀 뺄까요?"

"……아니, 그대로도 괜찮아."

"어, 정말인가요? ……알았어요. 그러면 만약 아플 때가 있어도 소리는 내지 않도록 주의해 주세요."

이렇게 어깨 마사지가 시작되고, 끝났을 때 히카리 짱의 얼굴은 열을 띠어 빨갛게 물들고 몸은 힘이 빠져 축 늘어져 있었다.

어라? 힘이 빠진 건 알겠지만 왜 얼굴이 빨갛지? 혹시 기분이 안 좋았나? 한순간 그렇게 불안을 느꼈지만, 어쩐지 이것이 엄청나게 호평이었다.

그날 밤 히카리 짱은 깜짝 놀랄 만큼 깊은 잠을 잘 수가 있었다고 하며, 이튿날에 스스로도 믿을 수 없을 만큼 쾌조였다고 한다.

아무래도 그 빨개진 얼굴은 기분이 좋았을 뿐인가 보다. 다행이군, 다행이야.

그리고 이것을 계기로, 히카리 쨩은 나에게 마사지를 조르게 되었다.

그러나 연일 어깨만 하는 것도 어떤가 싶어서 히카리 쨩에게 어디 마사지를 받고 싶은지 물어보자, 돌아온 대답은 뜻밖에 『발 경락』이었다.

허리 같은 곳인가 했는데 예상 밖의 대답이 나와서 약간 당혹한 나였지만, 히카리 쨩을 위해 나는 필사적으로 발 경락 마사지 방법을 공부했다.

"잘 들어요? 발 경락은 통증이 동반될 가능성이 높아요. 목도 그러니까, 만약 큰 소리를 내면 금방 멈출 겁니다!"

"응! 부탁드립니다…… 하아…… 하아……."

막상 발 경락 마사지를 시작하자, 히카리 쨩은 만약의 때를 대비해 입을 자기 양손으로 단단히 막고 내 시술에 견디고 있었다.

……새삼스럽지만 히카리 쨩의 용모는 인싸 그 자체다. 그런 평생 연관되지 않을 거라고 생각한 타입의 여자애 발을 내가 직접 만진다— 게다가 시술이 진행되면서 히카리 쨩은 또다시 얼굴이 빨개지고, 게다가 이번에는 목소리를

내지 않으려고 필사적으로 양손으로 입을 막으면서—.

……어쩐지 이상한 기분이 들어버릴 것 같았지만, 이것도 소중한 동기를 위해서니까 마음을 비우고 마지막까지 진지하게 마사지를 했다.

이번 결과인데, 지난번과 마찬가지로 얼굴이 빨개지고 축 늘어진 기색에 더해 양손을 뗀 히카리 쨩의 입가에 살짝 침이 흘러 버렸다.

설마 그 정도로 기분이 좋을 줄이야…… 혹시 나는 마사지의 재능이 있을지도 몰라.

그리고 자신의 마사지에 자신감이 생기고 즐거움을 발견하기 시작한 나에게 히카리 쨩이 바란 다음 마사지, 그것은—.

"이거 해줘……."

"이건……."

보여준 스마트폰 화면에 비친 것은, 마사지를 받는 사람이 엎드려서 누워 있고 그 등을 시술자가 밟아서 마사지한다는 별난 타입의 것이었다.

어, 이걸 해달라는 것은, 히카리 쨩이 나한테 등을 밟힌다는 거지? 괜찮은 걸까, 그거…….

아니, 그보다도—.

"으음~. ……요전의 발 경락 때도 조금 생각했는데요. 이 레벨이 되면 초보자인 제가 좋은 시술을 할 수 있을지 알 수가 없어요. 전문적인 가게에 가서 프로한테 받는 게 좋지 않을까요?"

수수하게 그렇게 생각해서 물어보았는데—.

"……아와유키 쨩한테 밟히고 싶은걸."

"부디 제가 하게 해주세요."

히카리 쨩이 귓가에서 그렇게 말을 해버리자, 나는 생각하는 것보다도 빨리 승낙의 말을 꺼내버리고 있었다.

어째서 갑자기 그런 선정적인 말을 하는 거야, 히카리 쨩?!

아니 잠깐, 냉정해져라. 그 히카리 쨩이잖아? 딱히 깊은 의미는 없을 거야.

이건 어디까지나 마사지, 마사지라니까! 마음을 비우고, 히카리 쨩의 몸을 풀어주는 것만 생각해라!

그렇게 명심하고, 또다시 나는 마사지의 요령을 공부했다. 그리고 훗날 드디어 실천!

"응, 이걸 쓰면 제 몸을 지탱할 수 있겠어요. 그러면 시작합니다."

"잘 부탁해애! 하아! 하아! 하아! 하아!"

밟는 장소와 발에 체중이 너무 실리지 않도록 세심한 주의를 기울이면서, 마사지를 진행했다.

그리고 마사지가 끝났을 때—.

"———."

망측하게도 혀를 내밀면서 입을 벌리고, 눈동자도 풀려서 방심하고 있는 히카리 쨩. 설마 했던 승천 모드였다. 게

범인
※마사지의 효과는 개인차가 있습니다.

다가 때때로 움찔거리고 있어.

믿을 수가 없어…… 그 히카리 쨩이 이런 상태가 되다니…….

"틀림없어…… 나는 마사지의 천재야……."

스스로에게 숨겨져 있던 재능을 깨닫고, 의문의 고양감을 느끼는 나였다—.

그렇게 나날이 지나, 어느샌가 히카리 쨩의 활동 휴식 기간도 반이 지나고, 복귀의 때가 점점 다가오고 있었다.

오늘은 내가 아니라 챠미 쨩이 히카리 쨩의 집에 놀러 갔다. 3기생의 그룹 채팅에서 내가 놀러 갔다는 이야기를 들은 챠미 쨩이, 자기도 가고 싶다며 입후보한 것이다.

그 챠미 쨩이 스스로 입후보를 하다니, 역시 상당히 히카리 쨩이 걱정된 모양이네. 마시롱도 가고 싶어했지만, 멀리 살기도 해서 아무래도 힘들었는지 분한 기색이었다.

챠미 쨩은 이미 도착했을 무렵일까? 후후훗. 챠미 쨩이니까, 히카리 쨩의 너무나도 넘치는 에너지에 허둥거릴 것 같아.

"응?"

그런 생각을 하면서 스마트폰의 예정을 확인하고, 오늘은 느긋하게 지낼까 생각했을 때, 챠미 쨩이 전화를 걸었다.

무슨 일이지?

"네, 여보세요?"

"아, 아아아아아아아와유키 쨩!!!!"

내가 여보세요라고 끝까지 말하기도 전에, 샤미 쨩이 명백하게 당황한 목소리로 외쳤다.

"왜, 왜 그러나요? 샤미 쨩."

"다, 당신! 어, 어, 어—."

"응??"

"어째서 히카리 쨩을 M으로 조교한 거야아아아아아—??!!"

"—네?"

스피커에서 들리는 샤미 쨩의 절규.

어? ……으응?

………………

"네에에에에에에에에에—??!!"

"그러면 샤미 쨩. 무슨 일이 있었는지 설명을 부탁할 수 있을까요?"

"그래. 아까는 흐트러져서 미안해."

"흥흥흐~흥♪"

나, 샤미 쨩, 히카리 쨩 셋이 마주 보고 앉아 있었다.

전화로 내가 히카리 쨩을 M으로 조교했다, 라는 의미를 알 수 없는 말을 외친 챠미 짱은 그다음에도 혼란스러운 기색이라 제대로 된 대화가 되질 않았다. 결국 나도 히카리 짱의 집으로 급히 가게 됐다.

숨을 헐떡이면서 집에 도착한 나를 히카리 짱이 열렬한 허그로 환영해줬다. 챠미 짱도 내가 도착하는 사이에 어느 정도 진정했는지, 제대로 이야기가 될 것 같아.

그러나 그래도 나랑 챠미 짱 사이에는 정체 모를 불안감 같은 것이 떠돌고 있으며, 히카리 짱만 기분 좋게 1주년 기념용 곡을 콧노래로 흥얼거리고 있어서 더욱 나를 불안하게 만들었다.

이제 목이 상한 것 자체는 거의 완치가 되어서, 그것 자체는 대단히 안심을 했는데—.

"그게, 순서대로 설명할게."

"네."

"아와유키 짱이 아는 것처럼, 오늘 놀기로 약속을 했으니까, 내가 히카리 짱의 집에 왔어."

"그래요, 그래요."

"그리고 말이야. 현관을 열어줘서 집 안으로 들어오니까 말이야. 히카리 짱이 나한테 M자 개각 같은 포즈를 하면서 「챠미 짱! 히카리랑 스카이랩 허ㅇ케인[#26]하자! 히카리

#26 스카이랩 허ㅇ케인 축구 만화 「캡틴 츠바사」에 나왔던 2인 합동 기술. 공중 축구의 타치바나 형제가 쌍둥이의 호흡을 살려서 쓰는 기술. 한 명이 바닥에 등을 대고 하늘을 향해 두 발을 올리면, 그 발바닥에 또 한 명이 올라탄다. 그때 아래쪽 사람이 위로 차올려서 경이적인 도약력을 얻는다.

가 발판이야!」라고 했어."

"순서대로 해주실래요?"

"유감이지만 무편집이야."

아무래도 이 휴식 기간 중에 새로운 상처가 벌어진 모양이다.

"대체 어떻게 된 건가요……?"

"그래. 물론 그렇게 되지. 나도 그랬어. 그렇다기보다 나는 그 스카이랩 허○케인이 어떤 건지를 몰랐으니까."

"분명히 샤미 쨩은 축구랑 동떨어진 이미지니까요."

"뭐, 그렇게 됐으니 이야기를 계속할게. 히카리 쨩은 그런 내 모습을 보고 모른다는 걸 짐작했는지, 다음은 바닥에 넙죽 조아리더니 『샤미 쨩! 그 신발 벗고서 히카리의 머리 위에 놔줄 수 있어?』라고 했어."

"아니, 아니. 계속되질 않잖아요. 요전에 샤미 쨩이 도전했지만 빠르게 포기한 월크의 회로 정도로 이야기가 연결되지 않아요."

"이것도 무편집이야. 그리고 어째서 자연스럽게 디스하는 걸까……?"

이게 무편집이라고?! 의미를 모르겠다. ……스카이랩 허○케인은 그래도 히카리 쨩이라면 있을 수 있을지도 모르지만, 신발 건은 정말 모르겠어…….

"그래서 말이야. 나도 이건 아무래도 뭔가 이상하다고

생각해서, 황급히 히카리 짱이 왜 그런 걸 바라는지 물어봤어."

"올바른 행동이네요."

"그랬더니 아와유키 짱 탓이라는 게 판명돼서 전화를 건 거야."

"어어어어어어어어어어어째서 그렇게 되는 건데요?! 완전히 누명인데요!"

"뭐, 여기서부터는 히카리 짱의 설명을 듣는 게 좋겠어."

샤미 짱이 말하자, 기다렸다는 듯 지금까지 입 다물고 있던 히카리 짱이 입을 열었다.

"있잖아! 아와유키 짱이 히카리한테 마사지 해줬잖아?"

"네. 그렇네요."

"그때 말이야. 어깨를 마사지해 줬을 때, 사실은 조금 아팠어. 히카리 말이야. 누가 아프게 하면 지금까지 이상한 기분이 드니까 피했거든."

"역시 그때 아팠었군요. 미안해요……. 하지만 이상한 기분인가요?"

"응, 뭔가 말이야. 간질간질하는 느낌이 들어서 거북했어. 하지만, 아와유키 짱의 마사지를 받았을 때도 조금 아파서 이 간질간질하는 게 있었는데, 뜻밖에 나쁘지 않다고 생각해서 계속 받았어! 에헤헤, 분명히 목 때문에 폭주한 히카리를 막아준 신뢰가 있어서 그런 거네!"

……………………….

"그래서그래서 말이야! 계속 받는 사이에 그 간질간질한 게 점점 오싹오싹으로 바뀌고, 마지막에는 몸 안이 파직파직 터지는 감각까지 됐어! 그게 어어어어어어어엄청 기분 좋았어! 신기하지!"

……………………….

"이제 히카리는 그걸 잊을 수가 없어서, 발 경락은 더 기분 좋았고, 밟히는 건 육체적인 것에 더해서 정신적인 굴욕감 같은 게 플러스되는 게 너무 기분 좋아서, 의식이 날아가 버렸어! 어째서 이렇게 기분 좋은 걸 피한 걸까 후회했다니까!"

—이 이야기를 듣는 것과 동시에, 나는 히카리 쨩의 과거 언동을 돌이켜 보았다.

분명히 히카리 쨩은 과밀 스케줄로, 이번에는 노래를 너무 연습해서 목까지 망가졌지만…… 그와 별개로 장시간의 방송을 괴로운 기색으로 하는 낌새를 본 적이 없었다.

아니, 그것뿐이 아냐. 내구 방송도, 지옥 같은 귀신 제한도, 보통 사람이라면 도망치고 싶어지는 고행에 대해 히카리 쨩은 언제나 『재밌겠다』라고 했다.

아아, 드디어 이해했다. 분명 이것이 히카리 쨩이란 여자애의 본질. 내면에 숨기고 있던 고통이 쾌락으로 이어지는 성벽의 봉오리.

그러나 지금까지는 더 나아가면 위험하다는 히카리 쨩 본인의 직감이란 이름의 억지력이 무의식중에 작용해서, 이 봉오리가 더 이상 자라지 않았다.

하지만— 나는 저질러 버렸다. 부풀어 오른 신뢰를 통해 히카리 쨩은 스스로 채운 억지력보다 나를 택했다. 나는 자신을 마사지의 천재 따위로 착각하면서 그 봉오리에 계속 물을 주었고, 이윽고 그것은 꽃을 피웠다. 그렇다. 완전히 개화해 버렸다.

다시 말해서—.

"그러니까! 오늘은 챠미 쨩이 오니까, 챠미 쨩도 히카리는 엄청 좋아하니까, 당하고 싶은 걸 전부 다 부탁해봤어!"

히카리 쨩이— 성(M)에 눈을 떴다—.

"그렇게 된 거야, 아와유키 쨩. 어떻게 책임 질 거야?"

"어, 이거 제 탓인가요?! 열심히 공부까지 해서 마사지를 해준 건데?!"

"그래그래! 아와유키 쨩은 잘못 없어~!"

비난의 눈길을 보내는 챠미 쨩에게서 나를 감싸듯, 히카리 쨩이 그 시선을 가로막는 위치로 이동했다.

"히카리 쨩⋯⋯ 그렇죠! 저는 불가항력이었죠!"

"응! 걱정하지 마. 아와유키 쨩은 히카리가 지킨다! 챠미 쨩의 차가운 시선은 히카리 거야!"

"⋯⋯응?"

"자, 챠미 쨩! 좀 더 등굣길 중간에서 땅바닥에 널브러진 매미 폭탄을 발견했을 때 같은 민폐라는 눈으로 히카리를 봐줘!"

"미안, 히카리 쨩…… 정말로 미안해……."

"어, 어라? 왜 아와유키 쨩이 우는 거야?"

새삼 M을 즐기는 히카리 쨩을 눈앞에서 보고 스스로도 알아 버렸다. 이건 이제 불가항력 같은 건 상관없다. 내 책임이다……. 아니 그게, 책임에서 벗어나고 싶지만 죄책감 때문에 못 하겠어.

"진정해, 아와유키 쨩. 나도 말이야. 화를 내고 있는 게 아냐."

"그, 그런가요, 챠미 쨩?"

"히카리 쨩 본인이 즐거워 보이면 그게 전부가 아닐까? 그리고, 나도 뭔가 말할 입장이 아니라고 할지…… 최근에 좀 폭주하는 낌새였으니까."

"챠, 챠미 쨩! 고마워요!"

굉장해! 동기를 M으로 조교한 변태에게 아무 말 못 하는 사람이 이 세상에 존재하는구나!

감사의 이면에서 한순간 그렇게 생각하는 나도 있었지만, 입장이 반대가 되었을 경우, 아마 나도 아무 말 못 하니까 말하는 건 관뒀다…….

"그래! 히카리 말이야! 지금 엄청 즐겁고 몸도 편해! 평소에는 하루 종일 뭔가 안 하면 진정하질 못하는데, 아와유키 쨩의 마사지를 받은 날은 엄청 만족감이 있어서, 스스로도 깜짝 놀랄 만큼 푹 잤어!"

"후하하하하! 어떤가요? 샤미 쨩! 이게 천재 마사지사 아와유키의 실력입니다!"

"갑자기 우쭐대기 시작하네……. 그리고 당신은 천재 마사지사가 아니라 천재 사디스트야."

"사, 사디스트 아니랑께! 딱히 저는, 히카리 쨩을 밟으면서 기뻐한 게 아니거든요?!"

"어, 그랬어? 나는 분명히 앞으로는 발이라도 핥게 하려는 계획인 줄 알았는데."

"계획할 리가 없잖아요?! 그런 짓을 하면 히카리 쨩의 퍼스트 키스가 제 발이 되어버리거든요!"

"후아아아앙?!(움찔움찔!)"

"이 녀석, 아와유키 쨩! 그런 말을 하니까 히카리 쨩이 기뻐하잖아!"

"에에에에엑?! 지금 어디에 그런 요소가?! 사실을 말한 것뿐이잖아요?!"

"지금 그게 무의식……. 농담으로 한 말이었지만, 아와유키 쨩은 정말로 천재 사디스트일지도 모르겠어."

"아니아니, 저는 그런 취미 없어요……."

정말로, 그 마사지도 우연이고, 나한테 그런 S 요소를 기대해도 난처한데…….

“그건 그렇고, 방송에 복귀한 히카리 쨩이 지금부터 두려워…… 아와유키 쨩이 가끔 매도라도 해서 만족시켜 주도록 해.”

“매도! 매도 좋네! 해줘, 해줘! 나중에 말고 지금 해줘!”

매도란 워드에 반응하는 히카리 쨩을 보고, 어떡해야 하나 샤미 쨩과 눈을 마주쳤다.

솔직히 동기에게 매도하는 건 마음이 아픈데…… 그렇게 산타클로스를 기다리는 어린애처럼 기대가 가득한 반짝거리는 눈으로 바라보면 거절하기 어려워…….

“샤, 샤미 쨩부터 해요!”

“뭐어어?! 왜 내가?!”

“그게! 매도라고 말을 꺼낸 건 샤미 쨩이니까요!”

“그런, 나는 매도 같은 걸 해본 적이…… 그게, 어어.”

“컴온, 샤미 쨩!(두근두근)”

“히, 히카리 쨩은…… 바, 바~보!”

“초등학생이야?”

이미 매도라고 할 수 없는 레벨인 샤미 쨩에게 태클을 걸어버렸다.

정말, 이래선 히카리 쨩도 실망할 거야.

“하아…… 하아…….”

“어라? 하지만 뜻밖에 좋았던 것 같은데?”

"진짜냐, 가성비 완전 좋은 M이네."

히카리 짱, 그거면 되는 거니? ……근본이 순진한 데다가 아직 M이 된 지 얼마 안 됐으니까, 상당히 저레벨의 매도로도 기뻐해 주는 모양이네.

"자, 그럼! 다음은 아와유키 짱 차례야!"

"아와유키 짱의 매도…… 하아…… 하아……!(두근두근)"

"아~, 저기이, 그러니까요……."

필사적으로 머리를 회전시켜— 봤지만.

위험해. 아무것도 안 떠올라!

애당초 선량함의 덩어리 같은 존재인 히카리 짱을 매도하다니 내 양심이 아파!

어쩐지, 편견일지도 모르지만 보통 M 캐릭터는 뭔가 매도에 걸맞은 결점 같은 걸 가지고 있지 않나? 왜 이렇게 착한 아이가 M이 되어 버린 거야!!

어떡하지…… 앗, 이제 이거면 되겠지!

"히카리 짱은…… 벼, 변태!"

"어머, 변태가 뭐라고 하네."

"—라고 변태가 말하고 있네요."

"하아아아아아아아—아아앗!!(움찔움찔움찔!)"

결국 그날은 매도에 푹 빠진 히카리 짱의 부탁으로 하루종일 매도를 해주게 되어, 매도 받는 쪽은 기뻐하는데 하는 쪽은 정신이 마모된다는 의문의 시간을 체험했다.

참고로 그날 밤, 이것을 마시롱에게 보고했더니.

"어째서 아와 쨩은 라이브온 라이버를 툭하면 타락시키는 거야? 아와 쨩은 큐○[#27]야? 우리는 마법소녀도, 마녀도 아닌데?"

이렇게 말하면서 기겁했다. 전부 우연인데!

……앗, 히카리 쨩이 카탓타 갱신했어. 중요한 거 아니면 SNS 하지 말라고 했을 텐데, 무슨 일이지?

【마츠리야 히카리@라이브온 3기생】

오늘은 하루 종일 아와유키 쨩이랑 샤미 쨩에게 매도를 받아서 엄청엄청 즐거웠어!

"안 돼애애애애애! 그건 말하면 안대애애애애애애앵!!!!"

직후에 울려 퍼지는 아이코 씨의 착신음.

"아와유키 씨, 사람의 마음이란 게 있는 건가요?"

"아니~야! 거짓말은 아니지만, 아니에요—!!"

아이코 씨는 사이가 좋아서 그런지, 그 카타리가 히카리 쨩이 뭔가 저질렀다는 걸 짐작했는지 금방 오해는 풀렸다.

"그렇군요. 뒤에서 몰래 히카리를 M으로 조교해서, 히카리를 매도한 것도 사실이고."

#27 큐○ 애니메이션「마법소녀 마도카 마기카」에 등장하는 캐릭터, 큐베. 어린 소녀들과 계약하여 마법소녀로 만들어 주어 소원을 한 가지 빌 수 있게 해 주는 대신, 마녀들과 싸우게 한다.

풀렸다고 생각했는데, 풀린 오해 앞에 더욱 위험한 사실이 있어서, 더욱이 목소리가 차가워졌다. 어째서고!

"우우…… 정말로 일부러 그런 거 아니에요…… 죄송합니다……."

"후훗. 뭐 저는 히카리가 즐거워 보이면 그거면 되니까, 용서할게요. 초절 귀신 S님."

"어쩐지 즐기고 있지 않아요?!"

아마 시청자들도 아이코 씨랑 마찬가지로 짐작하는 부분이 있을 거라 생각하지만, 일단 게릴라로 샤미 쨩이랑 방송을 열어서, 시청자들에게도 무슨 일이 있었는지 설명하고 마찬가지로 오해는 풀렸다. 그러나, 『목이 망가진 동기를 하루 종일 매도한 축생』이라고 놀림 받게 되었다…….

왜 마지막에 나랑 샤미 쨩까지 매도를 당하는데?!

막간 이로도리 마시로의 카스텔라 답변

"콘마시로~, 라이브온 3기생, 이로도리 마시로입니다. 오늘은 카스텔라 답변을 할 거야."

다우너하면서 상냥하게, 또는 보이쉬하게. 어느 쪽이라고도 할 수 있는 환상적이기까지 하게 들리는 목소리, 라이브온 3기생인 이로도리 마시로다.

일러스트레이터이면서 아와유키의 파트너 같은 포지션이기도 한 마시로. 라이브온은 캐릭터가 짙은 라이버가 많기 때문에 콜라보 때는 태클을 거는 일이 많은 그녀지만, 그렇게 이야기 상대에 맞춰 임기응변으로 대응하는 것은 간단한 일이 아니다. 그러나 그녀는 그것을 당연하게 해내고 만다. 굉장함이 느껴지지 않는 자연스러움으로 옆 사람을 부각시킨다. 이걸 할 수 있는 사람은 어떤 분야에서도 중용된다.

그러나 오늘 마시로의 방송은 솔로 방송. 독무대에서 열리는 카스텔라 답변에서는, 마시로의 평소 눈에 띄지 않는 높은 토크 스킬이 유감없이 발휘된다.

@좋아하는 복장은?

지금까지 그린 일러스트 중에서 특히 마음에 드는 복장 같은 걸 물어보고 싶어요@

"아와 쨩이 안 된다고 해서 NG가 됐지만, 숙박 방송 때 같이 신의상 생각하면서 나왔던, 주머니의 천을 파낸 핫팬츠 같은 거 좋아해. 난 서혜부 페티쉬니까. 그리고 미공개인 내 의상을 입힌 아와 쨩도— 아차, 말이 헛나왔네."

@아와 쨩 말고 다른 라이브온 멤버에겐 어떤 복장이 어울린다고 생각해?@

"응~ 히카리 쨩은 머리를 풀고서 왕도적인 세일러복 같은 거 좋지 않을까? 평소의 옷이 상당히 화려하니까, 갭이 있어서 좋은 느낌일 거야. 다음에 그려봐야지."

@(자기 가슴을 보고) 한 마디 해 주시죠@

"바보, 멍청이, 돌아가, 정말이지! 가끔 빈유를 놀리는 거 뭔데? 동기가 다들 크니까 작게 보이는 것뿐이지 전혀 없는 건 아니거든? 그리고, 빈유는 빈곤하다는 글자를 쓰는 게 좋지 않다고 생각하거든. 좀 더 말이야, 있잖아. 아담하다거나, 얌전하다거나, 귀빈의 품격이 있는 가슴이라고 해서 빈유 같은 거. 내 가슴은 빈곤한 게 아냐, 크든 작든 그건 평등하게 가슴이며, 가지고 있는 매력이 달라도 가치는 같은 거야. 그걸 깨닫지 못하는 사람의 마음이 나는 빈곤하다고 생각하거든, 정말로."

: 마시롱은 서혜부 페티쉬구나.

: 쿨하지만 좋아하는 것에 솔직한 점, 마시마시조아조아.

: 히카리 쨩뿐 아니라 다른 애들도 교복 차림 보고 싶다!

공식에서 안 해주려나.

: 가슴 얘기가 나오자마자 엄청 말이 빨라지는 거 미쳤다 ㅋ

: 가슴이 작은 걸 신경 쓰는 마시롱이 좋아요!

: 그러면 다음부터 빈유를 마시가슴이라고 부를게요! 마시[#28]인데 작대, 푸흐흡ㅋㅋㅋ

: 이봐, 저 녀석은 죽은 목숨이야.

@마시롱…… 그렇게 부끄러워하지 않아도 된당께(씨익

아와 쨩을 좋아하는 기제……?(씨익

솔직해지라고, you@

@스○○로맛 아와유키와 아와유키맛 스○○로 중에 어느 쪽이 좋아?@

@슈와 쨩이랑 아와 쨩 어느 쪽이 좋은가요? 또, 각자의 좋아하는 부분을 말할 수 있는 만큼 가르쳐 주세요.@

"비슷한 내용이니까 한꺼번에 대답하는데, 전제로 나는 아와 쨩도 슈와 쨩도 엄청 좋아하거든. 일부러 스스로 여러 번 말할 것도 아니고, 입장상 내가 태클을 거는 일이 많으니까 식은 것처럼 보이는 것뿐이야. 여기 있는 시청자들 중에는 아와 쨩을 좋아하는 사람도 있을 거라고 생각하는데, 분명히 그 사람들보다 훨씬 좋아해. 아와 쨩이랑 슈와 쨩 어느 쪽을 좋아하는지는…… 으음~, 이건 나만 그런가? 아와 쨩이랑 슈와 쨩이라고 나눠서 부르지만, 하나의

#28 마시 증가하다, 불어나다라는 의미는 일본어로 増し로 쓰며, 마시라고 읽는다.

존재로서 보고 있으니까 어느 쪽이 좋다는 그런 건 없을 것 같아. 뭐, 억지로 대답한다면, 코코로네 아와유키라는 라이버를 좋아하는 거지. 기적적으로 맞물린 이면성도, 한 명의 라이버인 그녀의 매력이란 거야."

@???「하악…… 하악…… 아와 짱이 잘못한 거야.」

아와유키「어라? 나 어느 틈에 잠들었지…….」

???「아리스 짱이나 히카리 짱이랑 러브러브하면서, 나한테도 끼부리는 말만 하다니.」

아와유키 (이…… 이 목소리는……)

아와유키 (윽! 아파……! 팔다리에 로프가 파고들어서—)

???「내가 얼마나 참고 있는지도 모르고!」

아와유키 (이, 이 상황은! 어제의!)

???「어제 그 예언 같은 카스텔라, 아와 짱이 보낸 거지?」

아와유키「아, 아니에요! 저는 그런…….」

아와유키 (위험해! 그 카스텔라대로 된다면…….)

???「시끄러워! 거짓말쟁이 아와 짱한테는 교육이 필요하겠네.」

???「나는 아와 짱의 마마야…… 모녀의 교류, 모두에게 보여주자.」 방송 시작 버튼 딸깍.

아와유키「뭣?! 아, 안 돼! 그런……!」

Happy End@

"이 괴문서는 뭐야……. 방송 종료 깜빡하는 걸로 끝이 아니라 방송을 너무 켜다니, 새로운 전설을 만들어서 어쩌라고. 그리고 이 ???는 분명히 내가 아니니까 알아두세요."

: 존귀하도다!

: 그냥 결혼해라.

: 얘들아, 이거 굉장해! 이거 영업이 아닌거y(승천함)

: 괴문서에는 신랄한 마시롱이었다.

: 방송을 너무 켜는 건 뭐야ㅋㅋㅋ

@동기 두 명이 또 천원돌파한 것 같은데요, 지금 심정은 어떠신가요?@

"에에라이 쨩이랑 아와 쨩, 힘내~(떠넘기기)."

@어느샌가 라이브온 유일한 상식인으로 등극했습니다만, 한마디 부탁합니다.@

"으음~ 애당초 나는 상식인이야? 음, 나 요전의 그림 방송에서 『배꼽은 어떻게 그리면 되나요?』라는 질문에 『혀를 확 집어넣고 싶어지는 틈을 그려라』라고 대답한 인간이거든? 다들 구분선이 고장 나지 않았어?"

@문득 신경 쓰인 건데요. 마시롱은 슈와 쨩처럼 술을 즐기나요? 언젠가 슈와마시 콜라보 음주 방송을 보고 싶어요.@

"이게 마지막 카스텔라네. 스스로 찾아 마시는 경우는 적어. 음주 방송은 저기, 요전의 3기생 1주년 기념 숙박 방송이 1주년 1개월 기념으로 바뀌었다고 발표했잖아? 그때 기대해도 좋을지 모르지."

: 대인관계에서 챠미 쨩 아래로 지나갈 자는 없다.

: ㅋㅋㅋ아래로 지나가는 거냐고.

: 마시롱이 자기 일러스트 캐릭터의 배꼽에 혀를 집어넣고 싶다고 말한 거나 마찬가지잖아ㅋㅋ

: 변태 마시롱은 솔직히 흥분됩니다.

: 설마 마시는 건가?! 아자아아아아아아아아!!

: 히카리 쨩의 복귀가 온다!!!!

솔로 방송이라고 해도, 자연스럽게 쉬고 있는 동료가 복귀하기 쉽도록 대비해 둔다. 그것이 마시롱인 것이다.

제5장

3기생 데뷔 1주년 1개월 기념 방송

1주년 기념 방송의 계획에서 시작되어, 목의 부상으로 히카리 짱이 활동 휴식, 기념 방송의 연기, 그리고 히카리 짱의 각성— 정말로 숨 쉴 틈도 없는, 방송 밖에서마저 라이브온인 나날이었다.

여러 가지 감정에도 휘둘려서 큰일이었지만, 그래도…… 오늘 이 순간을 구름 한 점 용납하지 않을 만큼 쾌청하게 맞이하고, 그리고 성대하게 축하하기 위해 필요한 시간이었다고 생각한다.

이번에야말로 다가온 이때에 직접 모인 네 명이 눈을 마주치고, 타이밍을 맞추었다.

자자자, 여러분! 대단히 오래 기다리셨습니다!

""""라이브온 3기생! 1주년 1개월 기념 축하합니다아아아아아아아아아아아—!!!!""""

드디어 이 방송이 개막된다아아아아아아아아아아아—!!!!

: 왔다! 드디어 왔다!

: 다행이다. 기획까지 취소되지 않아서 정말 다행이야…….

: 축하합니다아아아아아아아—!!!!

: 예아아아아아아아아—!!!! ¥50,000

: 지금 히카리 쨩의 목소리 들렸지?!

"네! 그러면! 드디어 이날을 맞이하게 되었습니다! 3기생 코코로네 아와유키입니다!"

"정말, 이번 일로 우리가 모이면 예정대로 되는 게 더 적지 않을까 생각했어. 3기생의 이로도리 마시로야."

"에이 뭐, 이런 것도 좋잖아. 평범하게 당일을 맞이하는 것보다 감개가 깊어서 로맨틱해. 3기생 야나가세 챠미야."

"……그건 그럴지도. 나도 지금의 이 고양감 참 좋아. 평범하게 당일을 맞이하는 것도 좋지만, 분명히 그러면 이 감정은 맛볼 수 없었어."

"그렇죠! 그리고, 오늘은 또 하나 경사스런 일이 겹친 날이기도 하니까요! 시청자 여러분에게도 사전에 고지한 것처럼, 오늘! 우리들의 소중한 동기가 활동 휴식에서 부활합니다! 자, 여러분도 더 기다릴 수 없을 테니까, 등장합니다!"

…………………………………….

어, 어라?

어, 예정으로는 처음에 인사말로 존재를 슬쩍 드러낸 히카리 쨩이, 이쯤에서 힘차게 등장할 예정이었는데요?!

당황해서 다 같이 히카리 쨩을 돌아보자, 그곳에는 뻣뻣하게 굳어버린 모습으로 고개 숙인 히카리 쨩이 있었다.

"왜, 왜 그러나요? 히카리 쨩?!"

작은 소리로 말을 걸자, 히카리 쨩은 마치 로봇처럼 삐걱대는 동작으로 이쪽을 돌아보았다.

"무, 무서워……."

"엇? 무서워? 뭐가요?"

"괜찮을까? 다들 히카리는 잊고서 너 누구냐고 생각하지 않을까?! 기념일이 1개월이나 늦어진 거 화내지 않을까?!"

한번 입을 열자 쉴 새 없이, 작고 매달리는 목소리로 불안을 연발하기 시작하는 히카리 쨩.

"자, 잠깐만요?! 방금 전까지는 태연했었잖아요?!"

"방송이 시작되니까 갑자기 긴장해 버렸어! 처음에 한 인사말은 힘냈어!"

"힘냈어, 가 아니야. 방송은 이제부터 시작인걸. 정말로, 내 말 잊었어? 이 정도로 히카리 쨩을 내치는 시청자 없어."

"그건 믿고 있지만! 그래도 막상 이 순간은 무서워어!"

"히카리 쨩, M이잖아? 매도가 있어도 오히려 포상 아냐?"

"그거랑 이거랑은 달라! 히카리는 사랑이 있는 고통이 좋아!"

"……저기~. ……작은 소리로 말하고 있는데 미안하지만, 지금 대화, 전부 마이크에 들어가고 있는데?"

""""에?""""

챠미 쨩의 목소리에 나란히 맥 풀린 소리를 내 버리는 우리 세 명.

유일하게 그중에서 히카리 쨩의 얼굴만 파래졌다.

"어."

그러나, 그것도 히카리 쨩이 낸 두 번째 맥 풀린 소리와 함께 사라졌다.

마이크가 목소리를 포착한 것에 깜짝 놀란 히카리 쨩이, 놀라는 바람에 숙이고 있던 고개를 들어버려서 그 시야에 PC의 방송 화면도 들어왔다.

그리고, 히카리 쨩은 고개를 다시 아래로 내리지 않는다—.

아니, 그러긴커녕 눈을 깜박이는 것도 잊었다—.

그리고 그저 한 점, 그곳을 가만히 응시하고 있었다—.

그렇다, 오로지 한 점.

축제 같은 소동이 일어난 채팅창을, 그녀는 보고 있었다—.

: 히카리 쨩 복귀 축하해!

: 히카리 쨩, 나와봐—!!

: 기다렸다! 또 건강한 히카리 쨩을 봐서 기쁘다!!

: 복귀 & M화 축하해~!(?)

: 목도 나아서 다행이다.

: 부활과 M화 축하해! M화는 축하해도 되는 건가…?? 그 의문을 추구하고자 우리들은 라이브온의 오지로 향했다…… ¥50,000

: 부활 축하해! 앞으로 매일 동기에게 매도당하자고.

: 히카리 쨩 복귀 축하!

: 복귀 축하 선물입니다(저온 양초). 슈와 쨩과 함께 즐겨 주세요.

: 어서 와! 느긋하게 쉬었을까?

: 라이브온에 희망의 빛이 돌아왔다! 응? 어라?!

: 히카리 쨩, 각성 부활 축하해! ¥10,000

: 예상대로 채팅창이 M 관련으로 가득해서 미치겠음ㅋㅋ

: 응? 미안, 각성이나 M이란 건 뭐임? 히카리 쨩, 뭔 일 있었어?

: 아와유키 쨩이 휴식 중에 M으로 조교했다던데.

: 뭣?

: 전혀 의미를 모르겠는데!

: 걱정 마. 아와 쨩 입에서 경위를 들은 우리도 그다지 이해 못 했다!

: 구토식 방송 종료 다음은 조교식 방송 휴식을 선보인 모양이군.

: 너무 엔터테이너 아니냐? ¥610

: 또~오 아와유키 쨩이 사람의 성벽에 스○○로를 주입해서 개화시킨 거냐.

: 시온 마마, 에에라이 쨩, 챠미 쨩, 카에루 쨩이랑 아리스 쨩도 넣으면 되겠다.

스킬 행성의 개척자가 아닌 성벽의 개척자구나 ¥211

: 믿고 휴가를 보낸 히카리 쨩이 동기인 아와 씨의 조교에

푹 빠져 웃으면서 M선언 방송을 하다니…….

：ㄹㅇㅋㅋ

：생각한 건데, 아와 쨩이 청초의 자리를 되찾기 위해서, 모두의 위험함을 강화해서 상대적인 청초도를 올리려는 거 아냐……?

：이건 지능범이군요.「코코로네 아와유키의 진 청초 탈환 계획」이 시작됐군.

：그리고, 상대적으로 올라가도 절대적으로는 올라가지 않으니까 청초를 쟁취하는 게 아니라, 라이브온에서 청초가 폐지되는 것뿐이라고 한다.

：복귀 축하해. 앞으로도 "몸 상태를 신경 쓰면서" 2주년을 향해 매초 방송하자.

：뭐 히카리 쨩은 본래 M의 경향이 있었으니까…….

：그렇지.

：마츠리야의 M은 마조의 M이었구먼….

：저기… 복귀는커녕 이상한 방향으로 악화된 것 같은데요….

：히카리 쨩…… 어쩐지 소질이 있다고는 생각했었지…….

：지금의 3기생은「큭큭큭… 놈은 사천왕 중에서도 최약체」라고 부를 수 있는 녀석이 없다는 설을 지지함

：뭐가 어찌 됐든, 복귀는 경사다!

：네가 돌아오길 기다렸다!!

: 오랜만에 목소리 들으니 울 것 같다. 목이 돌이킬 수 없는 상태가 아니라 정말 다행이야. ¥5,000

: 무리하는 히카리 쨩을 막아준 아와유키 쨩한테 감사! 1주년 축하, 이건 새로운 스○○로값이야! ¥10,000

: 어서 와.

"다……들……."

멍한 눈에, 점점 빛이 반짝이기 시작했다.

나, 샤미 쨩, 마시롱은 한 번 눈을 마주친 다음 강하게 고개를 끄덕이고, 히카리 쨩의 등에 손을 돌려 마이크 앞으로 밀어줬다.

히카리 쨩은 글썽거리는 눈가를 한 번 손으로 닦고, 조금 쑥스러운 기색으로 웃었지만, 이제 표정에 두려움은 없었다.

"저기, 다들! 축제의 빛은 인간 호이호이! 에헤헤, 모두가 벌인 축제의 빛에, 오늘은 내가 끌려와 버렸어요! 라이브온 3기생 마츠리야 히카리입니다!"

그래, 이거다. 라이버와 시청자가 서로를 지탱한다. 이것이 우리들의 올바른 모습.

이걸로, 히카리 쨩! 완 전 부 활 !!

"따뜻해…… 시청자와 나누는 인연이 따뜻해다고……."

"……M 사건만 아니었으면 나도 솔직히 감동했을 텐데 말이야."

어서 와!
●LIVE

"정말로 그렇네……."

"차가워…… 동기의 시선이 차갑다고……."

정정! 이걸로 히카리 쨩!! 개 조 부 활 !!!!ㅠㅠ

"자 그러면, 개막의 인사가 끝났으니, 그러면 오늘 방송의 기획 내용을 설명할게요. 카탓타에서도 사전에 고지가 있었습니다만, 오늘은 히카리 쨩의 집에 넷이 모여서 숙박을 합니다!"

"사실은 1주년 딱 맞춘 타이밍에 했으면 좋았겠지만…… 히카리 탓에 한 번 연기가 되어 버려서 미안해…… 우그그, 어째서 그런 바보 같은 짓을 한 걸까……."

"에이, 반성은 중요하지만, 자기를 너무 탓하면 안 돼."

"그렇네. 그리고, 아까 챠미 쨩의 인사를 듣고 생각했는데, 1주년 1개월 기념이란 것도 우리들다워서 좋지 않아? 언제나 예상을 벗어나야 라이브온이지."

"마, 마시로 쨩!"

"아, 저기, 끌어안을 정도의 말은 안 한 것 같은데…… 저기, 차, 착하다……."

마시롱의 말이 마음을 때렸는지, 그대로 꼭 끌어안는 히카리 쨩.

보디 터치가 격렬한 히카리 쨩에게 얼굴을 붉히면서도, 당혹하는 기색으로 마주 안아주는 마시롱, 존귀해!

"그래그래. 좋은 말을 하네, 마시롱! 역시 우리는 아무도 안 하는 걸 해야지!"

"그렇지! 좋아하는 것을 좋아한다고 말하는 게 뭐가 나쁜 거야! 목소리 페티쉬 최고!"

"자기 긍정에 빠져 있는 참에 미안하지만, 거기 두 사람은 최근 점프가 아니라 대기권 돌파할 기세로 예상을 넘어서고 있는 낌새가 있거든? 다들 모이면 자연스럽게 태클을 걸게 되는 내 입장이 좀 되어 볼래?"

"저기, 마시로 쨩!"

"응? 왜 그래, 히카리 쨩?"

"이대로 프로레슬링 기술 베어 허그 걸어줘! 엄청 강하게 끌어안아서 조르는 기술!"

"아아, 그랬었지. 히카리 쨩도 저 둘에게 지지 않을 정도로 별종이 되어버렸지! 흐읍!"

"옷, 그래그래! 사양하지 말고 더 강하게 안아줘!"

"……윽, 시끄러워!(찰싹!)"

"아힝?!"

이제 끝이라는 듯 히카리 쨩에게서 떨어져 엉덩이를 때리는 마시롱.

그러나 나는 알고 있다. 지금의 마시롱은 사양 같은 거 전혀 안 하고 진심으로 베어 허그를 하려고 했다. 하지만 힘이 너무 약해서 히카리 쨩은 눈치 못 챘고, 억지로 얼버무렸다는 것을.

필사적인 표정으로 끌어안던 마시롱이 귀엽다.

시청자들에게도 무슨 일이 일어났는지 설명했다. 한순간 막으려고 했던 마시롱이었지만, 방송인으로서 시청자에게 상황을 설명할 필요가 있으니까, 노려보는 표정이지만 가만있었다. 귀엽다.

"저기 마시롱."

"……뭔데?"

"허~접♥ 허~접♥"

"(찰싹!)"

역시나 말없이 엉덩이를 때렸다. 귀엽다.

"…………(찰싹!)."

"히에아아?! 어?! 왜 나까지 엉덩이 맞은 거야?!"

"아니, 챠미 쨩의 엉덩이가 커다래서 때리면 기분 좋을 것 같기에 무심코."

"커, 커다랗지 않아!! ……그렇게 생각하고 싶어. 미묘하게 콤플렉스란 말이지……."

"그래? 챠미 쨩은 신장이 있으니까 엉덩이 크기는 굴곡으로 이어져서 스타일이 더 좋아 보이는데. 그리고 히카리 쨩은 승천하지 말고 얼른 일어나."

: 오프가 아니면 볼 수 없는 대화, 못 참겠어!

: 공감한다맨~!!

: 완전히 M의 소리를 내는 거 미쳤다. 이것이 아와유키 쨩

의 조교 성과인가.

: 챠미 쨩은! 엉덩이가! 크다!

: 키랑 엉덩이 큰 여자가 타입이셨나?

: 저는 얏파랑 후다[#29]가 어울리는 여자가 좋아요.

: 유감이지만 챠미 쨩이 사랑하는 번장은 오늘 쉰다네.

: 마시롱이 너무 귀여워서 힘들다.

이렇게 따뜻하게 시작된 숙박 방송.

중간중간에 기획을 준비했지만, 당연히 시간은 산더미처럼 있으니까 전체적으로는 이런 느긋한 템포로 진행된다.

히카리 쨩이 목이 망가져 버렸을 때나 오늘에 이르기까지의 과정을 회상하면서, 이윽고 오늘이라는 날을 맞이한 것에 대한 성취감으로 화제가 이행된다.

"데뷔하고 1년 이상 지난 거구나……. 어쩐지 길었던 건지 짧았던 건지 나는 잘 모르겠어……."

"그렇네요. 어쨌거나 격동의 나날이었으니 길게도 짧게도 느껴져요."

"아와 쨩은 특히 굉장했을지도 모르지. 트러블 메이커와 말려들기 체질 둘 다 가졌으니까."

"오오! 김○일이나 코○[#30] 같아서 멋지네, 아와유키 쨩!"

"아하하, 첫 방송 때는 지금 제 모습은 상상도 못 했어요."

#29 얏파랑 후다 야쿠자 용어. 얏파는 길이가 짧은 날붙이. 후다는 경찰의 체포영장을 의미한다.
#30 김○일이나 코○ 추리 만화의 대표적인 주인공들. 주인공 일행이 가는 곳마다 살인이 일어나서 역으로 이들이 재앙을 불러온다는 밈이 있다.

데뷔 당초를 떠올려본다.

그리워라. 자신에게 자신이 없어서 내심을 겉으로 드러내는 게 무서웠으니까, 억지로라도 청초를 내세우며 방송에서도 언제나 긴장을 풀 수 없었던 그 무렵.

섹드립 같은 걸 채팅에서 포착하는 일마저 없었는데, 오늘은 이렇게 되어 있으니. 인생이란 참 신기한 거야.

게다가 그것의 계기가 방송 종료 실수라니.

“첫 방송이라아. 나랑 히카리 쨩은 그다지 변하지 않았을지도 모르겠어. ……M은 일단 제쳐두고.”

“히카리는 언제나 전력질주니까!”

“나는 마구 헤맸었네……. 첫 방송은 긴장해서 제대로 말도 못 했었고, 그 뒤로도 히카리 쨩을 흉내 내서 하이텐션으로 해봤더니 채팅창에서 『무리 안 해도 돼』라고 한 게 아직도 트라우마야. 그게 지금은…… 어라? 어쩐지 지금도 계속 헤매고 있는 것 같은데?”

“에이에이, 그게 허당 캐릭터로서 인기가 있는 요인으로 이어지고 있는 거잖아요. 그리고— 누가 뭐래도 저는 지금이 즐거워요.”

내가 그렇게 말하자, 다들 고개를 끄덕이며 일제히 동의했다. 그리고 잠시 말없이 서로 바라본 다음, 어째선지 이번에는 일제히 웃기 시작했다.

어째서 웃는 건지 우리도 의미불명이지만…… 분명 지금

이렇게 다 같이 웃는다, 그것이 이 기념일에서 가장 중요한 게 아닐까?

카오스하고 바보 같고 엉망진창인 길이었지만— 라이브온 3기생은 카오스하고 바보 같고 엉망진창이고, 그리고 최고다!!

서론도 모두 끝나고, 드디어 숙박 파티답게 되어갔다. 지금은 오프에서 만난 이점을 살려서 『사랑해 게임』을 하는 참이다.

일단 룰을 설명하면, 2인 1조가 되어 『사랑해』라고 말해서, 쑥스러워하는 쪽이 지는 배틀을 리그 형식으로 한다.

1년 이상 함께 활동을 해왔으니 사랑을 고백하는 것 정도는 여유일 거라는 부추김으로 시작된 이 게임. 최하위의 벌칙은 무려, 샤미 짱이 지참해 온 ASMR 마이크를 통해 시청자에게 『사랑해』라고 말하는 것.

쑥스러워하거나 웃거나 참으로 낯간지러운 분위기로 진행되는 게임인데, 지금은 히카리 짱과 샤미 짱의 대전이다.

"샤미 짱! 사랑해!"

"……그렇네. 나도 사랑해, 히카리 짱."

"응! ……으~응? 어쩐지 아까부터 히카리가 해도 아무도 쑥스러워하질 않는데 어째서야?"

"히카리 쨩이 너무 확실하게 말하니까 쑥스럽질 않은 거야. 그리고 말하는 쪽이 되어도 쑥스럽질 않으니까 지지도 않는 거네."

"어~? 어쩐지 그거 멋있지 않아!"

"그렇지 않아. 계속 ±0이라는 건 마작 만화의 사키 같아."

"오오오?! 그거 뭐야 엄청 멋있어! 히카리, 마왕이다! 영상개화!"

"앗, 하지만 ±0이라면 어쩐지 아와유키 쨩 같기도 하네."

"오오오! 그것도 멋있어! 히카리, 스○○제로! 이게 바로 완전 꼴린다는 거지!"

"끼야아아아아—?! 이 녀석, 히카리 쨩!! 의미를 파악하지 못한 말을 쓰면 안 돼요—!!"

"아와 쨩……."

"오~ 드디어 마시롱의 시선이 차가운 걸 넘어서 오물을 보는 눈이……."

이렇게 챠미 쨩과 히카리 쨩의 대전이 끝나고, 다음은 나랑 마시롱의 대전.

나는 챠미 쨩에게 사랑해라는 말을 들었을 때 코피가 나는 사고가 있긴 했지만, 내가 말하는 것 자체는 그다지 부끄럽지 않기 때문에 벌칙은 회피할 수 있으리라.

반대로 마시롱은 자기가 말하는 건 서투른지 마구 부끄럼을 타서 자폭이 다발. 속삭이는 목소리에 두들겨 맞은 챠미 짱과 벌칙 다툼을 하는 상황이다.

"아무래도 이제 더 질 수가 없어……. 좋아, 그러면 나부터 간다."

"네!"

마시롱과 지근거리에서 눈을 마주 본다. 그리고—.

"아와 짱— 사라푸후후아하하핫!!"

"에~?!"

그러나 마시롱이 『사랑해』의 『사랑』 부분에서 어째선지 나한테서 고개를 돌리고, 그리고 큰 소리로 웃기 시작해버렸다.

어, 어째서?! 지금까지 마시롱 자폭은 해도 이렇게 웃지는 않았었는데?!

"미, 미안해. 미안. 아와 짱한테 사랑해라고 하는 거, 어쩐지 재미있어서 웃음이 터져버렸어."

"뭔가 그거, 심하지 않나요?!"

나에게 등을 돌리고 말하는 마시롱, 쇼크야……!

"어라? 마시로 짱 얼굴이 새빨간데? 왜 그래?"

"잠깐, 히카리 짱?! 그런 건 말 안 해도 돼!"

그러나 마시롱이 고개를 돌린 방향에 우연히 있던 히카리 짱의 발언이 발생시킨 상승기류로, 급강하했던 내 텐션이 본래 위치를 넘어 급상승했다.

마시롱의 얼굴이 새빨개졌다……, 지금까지 볼을 붉히는

일은 있어도 새빨개진 일은 없었는데……. 그리고 마시롱의 저 얼버무리는 반응…….

혹시 마시롱— 나한테 누구보다도 부끄러워한 거야?

"마시롱!!"

"히에아아아?!"

나는 억지로 마시롱의 어깨를 붙잡아 몸을 돌리고, 그리고 양손으로 정말 토마토처럼 새빨개진 안면을 고정했다. 그리고 코앞에 닿을락 말락 할 정도로 얼굴을 가까이 대고서—

"사랑해."

"—이, 이 이상은 싫어어어어어어어—!!!!"

사랑을 고한 나에게서 힘으로 빠져나가더니, 후다다 달려서 방을 나가 화장실에 틀어박혀 버리는 마시롱을 보고, 나는 함박웃음을 지으며 코피를 분출했다.

그러나 아직이다! 아직 안 끝났어!

나를 상대로 말하고 듣는 거 둘 다 졌으니까 —2포인트를 지게 된 마시롱은, 벌칙이 확정되어 버린 것이다.

"우우우…… 난 시청자 상대로 이렇게 달콤한 말 한 적 없어……."

몇 분 뒤 화장실에서 삐친 표정으로 나온 마시롱. 설치된 ASMR 마이크 앞에서 다시 얼굴이 빨개졌다.

"저기 히카리 쨩, 지금부터라도 나랑 안 바꿀래? M이라면 벌칙이 포상이잖아?"

"응~. 이제부터 방송 종료까지 모두의 의자가 되는 거라면 바꿔주고 싶지만……."

"그럼 그걸로 하자, 벌칙 변경이야."

"안 돼, 마시로 쨩. 자, 시청자들도 기다려."

"마시롱의~, 방송인 혼을 보고 싶어어~!"

"큭…… 나중에 두고 봐……."

우리는 귀를 기울이면서 때를 기다렸다. 샤미 쨩에 이르러서는 이어폰을 최대한 귓속으로 끼우고 눈을 감은 본격적인 자세다.

이윽고 각오를 굳혔는지, 마시롱은 마이크에 가까이 다가가, 그리고 입을 열었다.

"…………사, 사…… 사랑……해."

: (· ω..:..:..::..:.::.:::::;.......

: 헉, 헉, 헉, 헉, 헉… 헉……헉…………헉………… 쿠앙(마일즈 다이슨)[#31]

: 입꼬리가 너무 올라가서 블루아이즈 얼티밋 죠○우치 군[#32]처럼 됐어.

: ¥50,000

: ¥50,000

#31 마일즈 다이슨 영화 「터미네이터 2」의 등장인물. 미래에 스카이넷을 개발했던 연구원. 해당 대사는 그가 죽기 직전의 상황 패러디.

#32 블루아이즈 얼티밋 죠○우치 군 만화 「유☆희☆왕」의 등장인물, 죠노우치 카츠야. 의식불명으로 쓰러져 있다 부활한 장면에서 나온 표정이 밈이 되었는데, 여기에 그의 얼굴을 3개로 복사& 붙여넣기 하여 같은 작품에 등장하는 몬스터를 패러디한 밈.

: **털썩!**

:

:

:

"자, 자 이제 끝이야! 그, 그거거든! 지금 그건 평소에 대한 감사라는 거야! 이제 다음 기획 가자! ……응? 어라? 아와 짱, 어째서 나를 넘어뜨리는 거야? 어라? 샤미 짱도? 어, 저기, 둘이 올라타면 아무리 그래도 무거운데…… 저, 저기, 왜 아무 말이 없어? 나 지금 엄청 무서운데? 히, 히카리 짱 살려줘! 짐승들이 덮치고 있어! 어어어?! 왜 내 몸 밑으로 파고드는 거야?! 아니아니 깔리고 싶다는 건 의미를 모르겠어! 아~ 정말 누군가 구해줘어어어어어어—!!!!"

또다시 화장실로 도망치는 마시롱. 어이, S○X(듀얼)해라.[#33] 어째서 동기 V와 합체하지 않는 거지?[#34]

게임에 이기고, 마시롱에게 완패한 우리들이었다.

그리고 시간은 흘러 저녁 식사 시간.

#33 어이, 듀얼해라 TV 애니 「유☆희☆왕 5D's」의 주인공 후도 유세이의 대사. 절도를 저지른 동료를 잡으러 온 시큐리티(경찰)에게, 듀얼(카드게임)을 하여 자신이 이기면 넘어가 달라고 제안하는 장면이 1화부터 나와 화제가 되었다.

#34 어째서 동기 V와 합체하지 않는 거지? TV 애니 「유☆희☆왕 5D's」에서는 오토바이에 타고 카드게임을 펼치는데, 대회 중 오토바이와 합체하는 능력을 가진 강적 플라시도가 왜인지 평범히 탑승하여 출전하는 것을 본 유세이의 독백. 오토바이와 합체하는 것 자체가 이상하지만, 이미 기상천외한 전개에 감각이 마비된 시청자를 상징하는 대사가 되었다.

저녁은 요리를 할 줄 아는 나랑 챠미 쨩이 메인이 되어 만들게 됐다.

그래서 뭘 만들까인데, 이왕이니까 파티다운 요리를 하자고 해서 정해진 것은 타코야키. 이른바 타코야키 파티, 줄여서 타코파란 거다.

재료도 사전에 챠미 쨩이 준비했기 때문에, 얼른 조리를 시작했다.

"……새삼스럽지만, 반죽을 만들기만 하면 되는 거니까 우리가 아니라도 할 수 있을 것 같네. 굽는 건 다 같이 하니까."

"에이에이, 챠미 쨩. 재료를 자르는 것 정도는 실력을 보여줄 수 있어요."

굽기용 플레이트는 히카리 쨩의 집에 있다고 해서, 마시롱과 둘이서 준비를 하고 있다(히카리 쨩의 집은 뭐든지 있네……).

어디 보자, 도마는 어디 있지?

"아, 마시롱. 잠깐 이리 와주세요."

"응? 왜 그래?"

"하하~ 지금 도마가 안 보여서 난처하거든요. 마시롱이 있어서 살았어요! 휴대용 도마의 별명은 멋이 아니네요커헉?!"

장난으로 마시롱을 부엌에 불러서 도마로 쓰려고 했더니 배에 펀치를 맞았습니다. 깜짝 놀랐지만 여전히 힘이 없어서 아프진 않아.

“(반짝반짝반짝반짝!!)”

“아니, 히카리 짱? 그렇게 기대하는 눈으로 배를 보여줘도 나는 무죄인 사람 안 때리거든? 자, 옷 안 내리면 배탈 난다?”

“에~?! 아와유키 짱만 치사해, 치사해~!”

“히카리 짱! 뭔가 펑펑한 것을 말하면 괴롭혀 줄 거예요!”

“어? 펑펑한 거? 앗, 마시로 짱! 꽈○킹[#35]!!”

“좋아. 히카리 짱, 각오해. 고통과 다른 지옥을 맛보여 줄게. 그리고 왜 하필 킹이야?”

“그게 더 강하니까!”

“이 경우는 강하면 안 되잖아~!”

그렇게 말하고 히카리 짱의 드러난 배 측면을 간지럽히기 시작하는 마시롱. 꺅꺅거리며 뒤엉키는 여자애 두 명…….

“아아~ 좋은 광경이로구먼…….”

“자, 아와유키 짱. 우리는 놀지 말고 재료 썰어야지. 도마도 찾았어.”

“뭣— 챠미 짱이 듬직해 보인……다고……?”

“어째서 그렇게 놀라는 거야? 요리의 주축은 우리들이니까, 우리가 정신 안 차리면 맛있게 안 되잖아?”

“챠, 챠미 짱! 그렇네요! 지금은 우리들의 턴이니까, 할

#35 꽈○킹 슈퍼마리오 시리즈에 나오는 적 캐릭터. 「슈퍼마리오 64」에 첫 등장한 꽈당꽈당의 강화형 보스.

때는 하는 모습을 보여줘야죠! 그러면 얼른, 뭐부터 자를까~(재료가 들어간 봉지를 뒤진다). ……챠미 짱.”

“뭔데?”

“문어는 어디에?”

“대시해서 사 올게.”

“챠미 짱ㅠㅠ.”

아무리 찾아도 재료 중에 문어가 없었다. 치즈나 비엔나는 있는데…….

할 때는 해야 할 때 라이브온해버리는 챠미 짱, 역시 대단해…….

결국 준비가 끝나서 한가해진 플레이팅 조 두 명이, 가까운 슈퍼에 사러 가주었다.

“미안…… 정말 미안해…….”

“괜찮아, 챠미 짱! 오히려 히카리는 지금 셔틀이 돼서 최고로 흥분하고 있어! 고맙다고 말할게!”

“아아아아와유키 짱! 이 아이는 천사야!”

“천사라 아니라 M이에요.”

“그거, 저건 갓ㅇ가 아니라[#36] 슈와 짱입니다, 라고 대답

#36 갓ㅇ가 아니라 갓키는 아라가키 유이의 별명. 갓키가 아니라 ㅇㅇ, 혹은 ㅇㅇ가 아니라 갓키 라고 말하는 밈이 유행했다.

하는 거랑 비슷한 거야."

"혹시 그거 갓○가 천사고 제가 M의 입장이란 건가요? 마시롱, 지금 저를 엄청 바보 취급한 건가요?"

그렇게 되어 시끌벅적하게 타코파를 즐기며 배를 채우고, 그리고 다음 기획은—

"좋아, 마이크 설정도 완료. 이걸로 준비는 됐죠? 그러면, 3기생의 미니 라이브를 개최합니다!"

미니 라이브, 다시 말해서 노래다.

그렇다— 연습에서 히카리 쨩의 목이 망가지는 원인이 되기도 한 그 기획이다.

아무래도 그 사건이 있었으니 노래는 관둘까 하는 소리도 나왔지만, 결과적으로 그대로 개최하게 됐다.

어째서인가? 샤미 쨩과 내가 히카리 쨩 집에 모인 그날을 떠올려보기 바란다. 히카리 쨩의 목은 그 시점에서 거의 완치되어 있었다.

애당초 히카리 쨩이 1개월의 활동 휴식 기간을 가진 것은, 사실 몸의 휴식 말고 또 하나 이유가 있었다.

그게 바로 노래 연습이다.

활동 휴식 기간이라지만 아무것도 안 하면 그거대로 주로 정신적으로 좋지 않다. 그리고 우리들은 목이 업무 도

구다. 그것에 부담을 안 주는 발성을 배우는 것은 소용없지 않다.

그래서, 이 기간 중에 히카리 짱은 부담이 없을 정도의 보이스 트레이닝을 프로 선생님한테 배웠다.

휴식 초창기, 목소리를 못 낼 무렵부터 이론을 중심으로 트레이닝을 시작하고 있었다. 그리고 목이 나은 뒤부터 보다 본격적으로, 지난 1개월 동안, 히카리 짱은 계속 배웠다.

그리고 맞이한 오늘, 히카리 짱의 노래가 어떻게 되었느냐—.

: 하이! 하이!

: ♪♪♪

: 위험한걸~!

: 아와유키 쨩은 여전히 노래 잘하는걸.

: 챠미 쨩, 예상 외로 소리가 나오는 거 웃긴다ㅋㅋ

: 마시롱의 차분한 노랫소리, 못 참겠어!

: 히카리 쨩, 잘 부르네~!!

: 어, 노래 서툴러서 목이 망가진 거 아니었어?!

: 다른 세 명한테 전혀 안 지잖아!

이거지이이이이이이—!!!!

즐겁게 곡에 맞추어 몸을 흔드는 히카리 짱.

틀림없이 이때, 우리들 넷의 노랫소리는 하나가 되어 있었다.

자, 드디어 숙박 파티도 최종국면이다.

미니 라이브 뒤에 입욕을 마치고, 이제 다들 잠옷으로 갈아입었다.

그리고 하루를 마무리하는 것이라고 하면—.

"""""건배—!!"""""

당연히 술이지!!

"꿀꺽, 꿀꺽, 오오, 분명히 달지 않네. 하지만 마시기 쉬워서 나는 꽤 좋은 것 같아."

"그렇네. 하지만 이렇게 마시기 쉬운 탓에 도수 이상으로 취하기 쉬우니까, 마시는 페이스에 주의……라는 걸 어디선가 봤어. 나도 마시는 건 처음이야."

"맛있어! 스피리터스로 희석하고 싶어!"

"하고 싶은 말이 있어! 역시 스○○로는 너무 맛있어! 좋아 좋아너무 좋아, 역시 좋아해! 드디어 발견한 나의 공주님! 내가 이 세상에 태어난 이유! 그건 너를 만나기 위해! 나랑 같이 인생을 걸어가자! 세상에서 제일 사랑합니다! 사 랑 합 니 다—!![#37]"

: 건배—!! ¥10,000

: 푸슉!! ¥211

: 마시롱이 술 마시는 거 처음 봤어.

#37 가치코이 문구 본래 지하 아이돌에 대한 찐팬의 고백 문구였다고 하는데, 오타쿠 문화권 전체로 퍼져나가 쓰이게 되었다.

：스피리터스로 희석하는 건 스피리터스를 희석한다는 게 옳다고.

：스○○로에 진심인 녀석이 최애인 나 자신에게 당혹스럽다.

：술 파티는 좋은데…… 왜 다들 스○○로를 마시고 있는 걸까요?!

：가난한 대학생의 가택 음주인가?

：스○○로를 마시는 이유는 스○○로이기 때문이다, 다시 말해서 문제없어!

"앗, 이 쟈미 쨩이 만든 안주 맛있네. 나 이거 좋아."

"정말? 입에 맞아서 다행이야."

"아까 슈퍼 갔을 때 덤으로 사시미 같은 것도 샀으니까, 이것도 먹어 보자고!"

"마츠 타○코! 마츠 타○코! 야○자키 봄의 빵 축제[#38]!"

"아와 쨩, 뮤트."

아아아아아…… 소중한 동료들과 사랑스런 스○○로 쨩을 즐긴다— 이 순간을 맞이할 수 있다니, 나는 행복한 놈이야! 텐션도 최고다!

"후우, 이걸로 슈와 쨩도 기념일에 참가했네. 전원 참전이야."

#38 마츠 타○코! 마츠 타○코! 야○자키 봄의 빵 축제 성우 치하라 미노리의 곡인 Paradise Lost에서 쓰인 아이돌 공연용 응원 구호. 치하라 미노리가 마츠 타카코를 닮았으며, 마츠 타카코가 야마자키 봄의 빵 축제 광고를 찍은 적이 있었던 것에서 유래됐다.

"아, 정말이네! 슈와 쨩, 하이~!"
"히카리 쨩, 하이~!"
"저, 저기! 취한 아와유키 쨩 말이야. 나도 슈와 쨩이라도 불러도 될까?!"
"챠미 쨩?! 왜 이 타이밍에?!"
"미안해…… 사실은 예전부터 그렇게 부르고 싶었는데, 처음에 부를 타이밍을 놓쳐서 계속 쫄아 있었어. 하지만 오늘이야말로 용기를 낸다고 결심했었어!"
"우와앗! 엄청 챠미 쨩다운 에피소드…… 물론 좋아요. 오늘부터 더 친해진드아~!"
"—핫!! 해냈다—!!!!"
만세를 하며 기뻐한 다음, 스○○로를 힘차게 마시는 챠미 쨩. 이거 이미 꽤 취하기 시작한 거 아닐까?
"그렇지! 지금부터 넷이서 4P하면서 더 깊은 사이가 되는 거 어때!"
"아, 아와유키 씨. 나한테 더 이상 다가오지 말아 주실래요?"
"어……? 마시롱 왜 그래? 초면 때도 그렇게 먼 거리감 아니었잖아……?"
"슈와 쨩이 이상한 소리를 하니까 그렇지. 기념 방송에서 BAN은 사양이야."
"그치만 아까 사랑해 게임 했잖아!"

"그게 어째서 4P로 이어지는지 나는 알 수가 없어."

"사랑해 = 4랑해 = 4p 어필 = S○X의 권유라는 거야!"

"아~. ……그런가."

"어? 마시롱, 왜 납득하는 거야……?"

이렇게 마지막 한 방이라는 상태로, 술자리가 진행됐다.

다들 술이 들어가기도 해서 대화 내용이 엉망이 되는 일도 다소 있었지만, 그것마저도 지금 우리들에게는 즐거워서 어쩔 도리가 없다.

그리고…… 아무리 즐거운 시간이라도 끝은 찾아오는 법이다.

또 내년에도 이렇게 다 같이 축하할 날이 오는 것을 맹세하고, 방송은 막을 닫았다.

"우우우우우우우!"

"챠미 쨩! 혹시 토할 것 같아?! 아자! 그대로 히카리 얼굴에 쏟아내!"

"우우우우우우우우??!!"

"저기 슈와 쨩, 나 꼴려?"

"마마마마마마마마마마시롱, 무슨 말을?! 너무 취했어! 자기가 무슨 말을 하는지 이해하고 있어?!"

"……쿠우울…………."

"자고 있어?!"

: 마무리 인사 뒤에 뭐 하는 거야 ㅋㅋㅋ

: 히카리 쨩, M & 무자각 시추에이션 콜라보레이션으로 라이브온 굴지의 변태 발언 남김ㅋㅋㅋ

: 챠미 쨩이 과음에 대해 주의 환기를 했었는데 왜 제일 먼저 당하는 것일까…….

: 마시롱, 야햇!!!! 슈와 쨩은, 어라????

: 슈와 쨩, 평소에 자기가 무슨 말 하는지는 이해하고 있어?

: 마시롱이 다방면으로 죽이러 와서 위험해!

: 마시로 쨩?! 아~! 아앗—!!(한계화)

: 차려진 밥상 앞에서…… 쫄보구만?

: 이건 이제 3기생이 아니라 SAN치생이잖아. 여러모로 핀치다.

: 이제부터 1주년이 아니라 1초 기념을 매초 열어주시오.

: 평생 콜라보해라.

……내년에는 과음에 주의하자.

에필로그

어느 회사 사무소의 한 방. 그곳에는 두 명의 여성이 마주 앉아 있었다.

한쪽은 온화한 미소를 짓고 있는 것에 비해, 또 한쪽은 어쩐지 슬픈 표정을 짓고 있었다.

전자의 이름은 호시노 마나. VTuber 여명기부터 오늘에 이르기까지 언제나 최전선을 달려온 레전드. 후자는 그런 그녀를 계속 뒤에서 지탱해 온 매니저였다.

"그러면 마나 씨, 정말로 괜찮은 거죠?"

"응. 후회 따위, 이번 일을 부탁한 그날부터 없어."

매니저는 마나의 말을 듣고, 몇 초 눈을 감고 고개를 숙인 뒤, 앞에 펼쳐둔 서류를 정돈하여, 다시 한번 마주 보았다.

"그러면 마나 씨, 내일, 1개월 뒤의 졸업을 고지하는 영상을 냅니다. 아직 조금 말하는 게 이를지도 모르지만, 지금까지 수고하셨습니다."

"응. 지금까지 고마워."

"정말로, 정말로 수고하셨습니다……."

"매니저……."

매니저가 짜낸 목소리는, 대단히 작은 소리면서도 작별을 아쉬워하는 외침 같기도 하고, 그만큼 이 두 사람 사이에 그냥 업무의 동료를 넘어선 우정이 있다는 걸 알 수 있었다.

그녀가 이토록 슬퍼하는 이유는 하나.

레전드 VTuber인 호시노 마나는— 졸업한다. 바꿔 말하면 VTuber에서 은퇴를 결정하고, 오늘 명확하게 졸업할 때까지의 순서가 정해졌다.

한 개의 전설이 끝나려 하고 있었다.

"하아, 마나 씨가 졸업을 해버리다니, 이제부터 이 회사는 어떻게 될지……."

매니저가 억지로 기운을 내 미소를 만들고 괜히 한숨을 쉬면서 말하자, 마나는 얼굴 앞에 손을 흔들며 쑥스러운 미소로 답했다.

"무슨 말이야, 원래 이 회사에서 나는 사업의 일환 포지션이었잖아! 그럭저럭 커다란 회사니까 이걸로 기울거나 할 리 없어! 그리고, 요전에 사장한테 들었거든? 전에 시작한 VTuber의 아바타 제작 수주 사업, 엄청 평판이 좋다면서."

"그건 그렇지만요! 하지만 아마도 VTuber의 운영 사업에서 멀어지는 게 될 테니까요…… 바쁘지만 즐겁기도 했던 일이라, 개인적으로는 아쉬워요."

이 회사에는 호시노 마나 외에 다른 VTuber는 소속되지 않았다. 마나의 재능을 전면적으로 지원하도록 신규 라이버를 늘리지 않고, 그녀의 솔로 활동에 모든 걸 집중하는 방침이었다.

이것에는 VTuber 사업에 힘을 다하지 않아도 괜찮은 규모의 회사이기 때문에 리스크 분산을 하는 측면도 있었지만, 무엇보다도 마나라는 존재를 강하게 신뢰하고 있다는 게 컸다.

"……고작 나 하나를 위해서 다들 일해줬단 말이지."

"고작이 아니에요. 당신이기 때문이죠."

서로 마주 보며, 몇 초 말 없는 시간이 흘렀다.

마치 이 한때를 곱씹는 것처럼 그 시간을 즐긴 다음, 매니저는 일 이야기로 돌아갔다.

"그래서 말이죠. 전에 상담한 졸업 방송 내용 말인데요. 현재는 이런 느낌입니다."

"오, 정해졌어? 어디 보자~? 흐흠…… 와앗?! 유명 라이버가 엄청 오잖아?! 어, 이거 정말로 전부 오는 거야?!"

"네. 졸업 얘기를 했더니 모두 즉답으로 정해줬어요. 등장 순서 같은 건 이제부터지만요."

"진짜구나. 어쩐지 긴장되네……."

"그리고— 이 타이밍에서 좀 떼를 부려도 들어줄 거예요."

"어? 떼를 부려?"

"네. 마지막이니까, 방송 내용에 가능한 공로자인 마나씨의 요청을 들어달라고 위쪽에 말해서, 승인을 받았습니다. 지금까지는 캐릭터 이미지를 지키기 위해서 엄격한 제약이 있었으니까요. 현재의 방송 내용도, 임시라고 생각하고 팍팍 바꿔 버려도 될 정도로 해도 괜찮아요. 마지막 정도는 뭐든지 말해주세요."

"정말로?! 아~ 어떡하지, 그러면, 그러면, 출연자에 관여해도 돼?"

"물론이죠. 하고 싶은 일이 있으면 뭐든지 말하세요. 나중에라도 괜찮아요. 되도록 빠르면 고맙지만요……."

"야호! 텐션이 오르는걸! 불만은 아니었지만, 운영측이 나를 과보호하는 게 좀 있었으니까~."

"후훗. 특히 사이좋았던 라이버는 대강 불렀습니다만, 그 밖에 만나고 싶은 분이 있다면, 그것도 한번 말해볼게요."

"진짜로!! 그러면, 말이지."

아무래도 만나고 싶은 사람이 짚이는지, 몇 명의 이름을 드는 마나를 매니저가 흐뭇하게 보며 메모했다.

"……참고로, 초면인 사람이라도 괜찮아?"

"초면이요? 한번 말해볼게요."

"정말? 정말로 괜찮지?"

"아, 네."

괜히 강하게 확인하자 무심코 불안의 표정을 보이는 매니저에게, 마나가 씨익 웃고서,

"그러면 전설의 라이버를 불러버릴까."

그렇게 부탁하는 것이었다—.

■ 작가 후기

『VTuber인데 방송 끄는 걸 깜빡했더니 전설이 되어있었다』, 줄여서 『V전설』 5권을 구매해 주셔서 감사합니다. 작가인 나나토 나나입니다.

어느샌가 5권이군요. 초기에는 오리지널이면서 리얼 V의 2차 창작에 가까웠던 이 소설이, 드디어 두 자릿수의 절반에 이르렀습니다. 언제나 읽어주시는 여러분 덕분입니다.

자, 5권은 3기생이 주축이 되는 이야기였습니다. 재미있으셨을까요?

그중에서도 눈에 띄는 건 역시 히카리일까요? 성실한 이야기부터 코미디까지, 지나친 노력이 발단이 되어 여러 가지 일이 일어났습니다.

현실에서도, V가 너무 노력해서 건강이 무너지는 문제가 참 많은 것 같습니다. 그렇지만 작중에서 적은 것 같은 이유 등도 있으니, 그렇게 간단히 쉴 수는 없는 거겠죠.

라노벨 작가이자 방송인도 아닌 제가 무슨 말을 할 수 있는 것도 아닙니다만, 응원하는 몸으로서는, 행복하기를 바라고 있습니다.

다음 권입니다만, 종래처럼 코미디를 중심으로 하면서, 5권에서 등장한 호시노 마나, 그리고 부자연스러울 정도로 건드리지 않아서 복선처럼 되었던 아와유키의 가족 이야기가 전개됩니다.

web에서 대단히 인기를 얻어, 일단 여기까지의 이야기를 집대성하는 에피소드가 포함되는 제6권, 발매되면 또 잘 부탁드립니다.

마지막으로 이번 5권을 채색해 주신 관계자 여러분, 그리고 응원해 주시는 독자님에게 진심으로 감사하며, 후기를 마무리하고자 합니다.

5권도 감사합니다. 6권에서 또 만나요.

■ 역자 후기

또 뵙습니다. 불초 역자입니다.

역자의 경우는 사실 특정한 누군가를 깊게 최애로 삼아서 응원하는 타입은 아닙니다. 주로 보는 모 대형 사무소를 중심으로, 관심이 가는 게임을 하는 스트리머가 있으면 V든 아니든 가리지 않고 구독하고 종종 생각나면 보러 가기도 하고 그러는 편이죠.

이렇게 깊게 파고드는 타입이 아닌 역자입니다만, 그래도 갑자기 몇 개월 방송을 쉬더니 잠깐 사경을 헤매다가 회복해서 복귀했다는 얘기에는 참으로 골치가 아팠습니다. 허허허허. 진짜 깊게 최애를 응원하는 사람들은 눈앞이 깜깜해졌으리라 생각합니다.

그나마 해당 스트리머는 기간 한정 기억 상실에 걸리는 등 여전한 모습을 보여주며 복귀 이후 활발하게 활동을 재개해서 안심이 됩니다만, 최근에 또 같은 사무소 후배 하나가 미열이 계속되는 탓에 정밀검사를 받는다고 하고—아니, 제발 아프지 말라고. 그나마 요즘엔 병원에서 검사도 받으면서 회복세라더군요.

역자의 경우는 이제 나이도 먹을 만큼 먹은 부정할 수 없는 아저씨라서, 조카뻘쯤 되는 애들이 아프다는 소리를 들으면 안쓰럽고 그래요. 방송하는 사람들뿐이 아니고, 젊은 때 건강하고 활기차게 활동하는 게 제일입니다.

하긴 이건 나이 먹어서도 마찬가지군요. 아무튼 다들 조심해서 아프지 말고 다치지 말고 무병장수를 합시다!

그러면 또 만나요!

VTuber인데 방송 끄는 걸 깜빡했더니 전설이 되어있었다 5

초판 1쇄 발행 2024년 3월 10일

지은이_ Nana Nanato
일러스트_ Siokazunoko
옮긴이_ 박경용

발행인_ 최원영
편집장_ 김승신
편집진행_ 권세라 · 최혁수 · 김경민 · 최정민
편집디자인_ 양우연
관리 · 영업_ 김민원

펴낸곳_ (주)디앤씨미디어
등록_ 2002년 4월 25일 제20-260호
주소_ 서울시 구로구 디지털로 26길 111 JnK디지털타워 503호
전화_ 02-333-2513(대표)
팩시밀리_ 02-333-2514
이메일_ lnovellove@naver.com
L노벨 공식 카페_ http://cafe.naver.com/lnovel11

ISBN 979-11-278-7496-4 04830
ISBN 979-11-278-6572-6 (세트)

값 8,500원

새 엄마가 데려온 딸이 전 여친이었다 1~9권

카미시로 쿄스케 지음 | 타카야Ki 일러스트 | 이승원 옮김

어느 중학교에서 어느 남녀가 연인 사이가 되고,
꽁냥꽁냥거리다, 사소한 일로 엇갈리더니,
두근거림보다 짜증을 느낄 때가 더 많아진 끝에…… 졸업을 계기로 헤어졌다.
그리고 고등학교 입학을 코앞에 둔 두 사람은—
이리도 미즈토와 아야이 유메는, 뜻밖의 형태로 재회한다.
"당연히 내가 오빠지.", "당연히 내가 누나 아냐?"
부모 재혼 상대의 딸이, 얼마 전에 헤어진 전 연인이었다?!
부모님을 배려한 두 사람은『이성으로 여기며 의식하면 패배』라는
「남매 룰」을 만들지만—
목욕 직후의 대면에, 둘만의 등하교……
그 시절의 추억과 한 지붕 아래에 산다는 상황 속에서,
서로를 의식하고 마는데?!